어떻게 늙을까

SOMEWHERE TOWARDS THE END

by Diana Athill

어떻게 늙을까

전설적인 편집자 다이애너 애실이 전하는
노년의 꿀팁

Somewhere
towards the end

다이애너 애실 | 노상미 옮김

뮤진트리

샐리, 헨리, 제서미, 그리고 뷰챔프 배그널에게 이 책을 바친다.

껍질은 벗어버리고

뼈만 남은 채

춤추며 돌아다니는 건

죄가 아니야.

에드거 레슬리Edgar Leslie(1885~1976, 미국 작사가)

차례

책을 한번 써보면 어떨까?

내 침실에서 내려다보이는 근처 공원에 그날도 변함없이 한 가족이 퍼그 대여섯 마리를 데리고 나왔다. 퍼그는 흔히 뚱뚱한데 그 활발한 작은 개들 중에는 뚱뚱한 녀석이 하나도 없었다. 얼마 전 녀석들이 아침 산책을 하는 모습을 보는데 갑자기 가슴이 아려왔다. 늘 퍼그 한 마리를 키우고 싶었는데 이제는 그럴 기회가 없어서였다. 너무 늙어 산책도 못 시켜줄 거면서 강아지를 사는 건 당치 않으니까. 물론 대신 개를 산책시켜주는 사람들이 있긴 하지만, 개를 키워 가장 좋은 점은 함께 산책할 수 있다는 것 아닌가. 개들은 산책할 시간이 되면 낌새를 알아채고 좋아하고, 앞서 가라고 줄을 풀어주면 기뻐서 풀밭을 폴짝폴짝 뛰어다닌다. 잔뜩 신이 난 표정으로 이따금 뒤돌아보며 주인이 따라오나 안 오나 확인하기도 한다. 그런 모습을 보면 기분이 좋다. 우리집 개는 개 나이로 치면 여든아홉인 나만큼이나 늙어서 그냥 조금만 어슬렁거려주면 되는데, 그건 나도 해줄 수 있다. 그래도 다른 집 개들이 이리저리 바삐 뛰어다니는 광경을 바라보고 있으면 기분이 좋다.

나는 개들과 함께 자라서, 개를 싫어하는 사람들을 보면 이상하다. 인간은 아주 오래전부터 개를 길들여왔기에 개로서는 우리 인간과 함께 사는 게 호랑이가 밀림에서 사는 것만큼이나 자연스럽다. 그래서 우리는 다른 동물은 몰라도 개의 감정만큼은 이해할 수 있게 되었다. 개의 감정은 단순하다는 점만 빼면 우리 인간의 감정과 비슷하다. 개는 불안하거나 화가 나거나 배가 고프거나 혼란스럽거나 행복할 때면 그런 감정을 우리가 아는 가장 순수한 형태로 드러낸다. 우리에게는 그런 감정들이 그동안 누적된 복잡한 인간성 탓에 왜곡되어 있지만 말이다. 인간과 개는 가장 순수하고 깊이 있는 차원에서 서로를 알아본다. 정말이지 검은 벨벳 같은 얼굴의 작은 퍼그 한 마리를 키우면서 그 모든 걸 다시금 경험하고 싶은데, 아니다! 안 될 일이다.

그리고 오늘 아침, 안 될 일이 또 하나 생겼다. '톰슨 앤드 모건' 종묘 회사의 카탈로그에서 나무고사리* 사진을 본 적이 있는데 가격이 18파운드였다. 그처럼 이국적인 나무치고 비싸진 않았다. 몇 년 전 도미니카공화국의 숲에서 나무고사리를 보고 반했는데, 알고 보니 영국의 정원에서도 나무고사리나 그 유사 종을 키울 수 있다. 그래서 카탈로그를 보고 전화로 한 그루를 주문한 게 오늘 도착한 것이다. 물론 카탈로그에 실린 사진 속의 것처럼 다 큰 나무가 오겠거니 기대하진 않았다. 그래도 속달로 꽤 커다란 소포를 받을 줄 알았는데, 보통우편으로 온 것은 30센티미터도 안 되는 상자였다. 열어보니 작고 여린 이파리 네 개가 달린 나무고사리가 10센티미터도 안 되는 화분에 심겨 있었다. 나무고사리가 빨리 자라는지 느리게 자라는지는 모르겠지만, 빨리 자란다 해도 이 묘목이 우리 집 정원을 배경으로 내가 상상한 모습을 연출하는 광경은 보지 못할 것 같다. 묘목을 화분에 옮겨 심을 때 되도록 가장자리에서 멀찍이 떨어지게 심을 생각이다. 한껏 자라기를 바라니까. 하지만 미래를 보고 나무를 심는 건 고결한 일일 텐데 아무런 보람도 못 느낄 것 같다. 이런 생각을 하고 있자니 진 리스_{Jean Rhys}**가 술에 취할 때면 종종 했던 말이

---

* 높이 20미터에 달하는 나무처럼 생긴 대형 양치류로, 주로 열대 지역에서 자생한다.
** 도미니카공화국의 소설가(1890~1979), 샬럿 브론테의 《제인 에어》의 번외편 격인 《광막한 사르가소 바다》의 저자로 유명하다.

떠올랐다. "그래, 좀 취했어." 사실 그녀가 늙는 것에 대해 "그래, 좀 슬퍼"라고 말한 적은 없지만, 그런 얘기도 못 할 만큼 늙는 것이 두려웠던 게 아니라면 분명히 그렇게 말했으리라.

나한테 진은 늙어가는 걸 생각하지 않는 법을 잘 보여준 본보기였다. 늙어간다는 생각을 하면 진은 분노와 절망에 휩싸였다. 가끔 반백의 머리칼을 밝은 빨강으로 염색하겠다며 호기를 부리기도 했지만 정말로 그런 적은 없었다. 현명하게도 그러면 더 괴상해 보일 거라고 판단해서가 아니라 그럴 기력이 없었던 탓이리라. 아주 드물긴 해도 술을 마시고도 진의 기분이 좀 나아질 때가 있었다. 하지만 대체로 술을 마시면 불평불만이 더 많아지고 성질도 더 부렸다. 진은 늙으면 비참할 거라 생각했고 실제로 그랬다. 그녀는 비참한 기분이 들면 다른 사소한 일들을 가지고 불평해대며 그 비참함을 드러냈다. 큰 문제는 너무 벅차서 생각할 수가 없었던 것이다. 하지만 언젠가 말하기를, 자기에겐 자살 키트가 있으니 괜찮다고 했다. 진은 수년 동안 수면제에 의존했는데, 최악의 상황을 대비해 상당량을 침대 탁자 서랍 속에 모아두었던 것이다. 그리고 상황은 정말로 크게 나빠졌지만, 진이 죽은 뒤 내가 확인해보니 수면제는 서랍 속에 그대로 있었다.

내 두 번째 본보기는 불가리아 태생의 노벨상 수상 작가인 엘리아스 카네티Elias Canetti다. 카네티는 죽음에 저항했는데, 이는 죽음을 두려워했던 진의 태도보다 더 어리석었다. 영국 인들과 달리 불가해한 것들에 대한 추상적 사유 체계를 세 우길 좋아하는 중부 유럽인답게, 카네티는 금언집을 두 권이 나 출간할 정도로 자신의 생각을 과대평가했다. 카네티를 직 접 만나본 적은 없지만 내가 몸담았던 안드레도이치 출판사 에서 그의 책들을 낸 적이 있어 그에 대해 알았다. 카네티는 나치 독일에서 도망쳐나와 영국에서 오랫동안 망명생활을 했 는데 영국인들을 지독히 싫어했다. 영국인들이 그의 천재성 을 몰라줬기 때문인 것 같은데(아직 노벨상을 받기 전이라), 그 래서 영국에서는 절대로 책을 출판하지 않기로 마음먹었던 모양이다. 그런데 우리 출판사가 기울 무렵 우리 회사를 넘겨 받은 톰 로즌솔이 언젠가 그에게 베푼 친절을 기억해, 마침내 그의 책을 출판하게 해줬다. 먼저 금언집 두 권부터 낸 다음 미국 판까지 출간한다는 조건과 책 표지부터 쉼표에 이르기 까지 죄다 그의 승인을 받는다는 조건을 달아서. 덕분에 그 의 담당 편집자였던 나는 그 책들을 읽는 것 말고는 할 일이 없었다. 하지만 그것만으로도 열을 받기에 충분했다. 그의 아 포리즘은 대체로 간결했고 개중에는 재치 있는 구절도 있었 지만, 전반적으로 어찌나 오만하고 허풍스럽던지! 게다가 그

토막글 여러 군데서 '죽음을 거부한다!'고 선언했는데 어쩌나 어이가 없던지 더이상 참고 봐줄 수가 없었다.

나중에 카네티의 옛 연인인 오스트리아 화가 마리루이즈 모테시츠키Marie-Louise Motesiczky를 알게 됐다. 그녀는 여러 차례 대상포진에 걸려 극심한 고통에 시달렸고 진력난 인생을 살아왔음에도 우아하게 팔십대를 보냈다. 그러니 지나치듯 언급하고 말 사람이 아니다.

우연한 기회로 그녀를 알게 됐다. 메리 헌턴이라는 친구가 햄프스테드에서 방을 구하다가 어느 노부인의 집에서 멋진 방을 하나 봤는데, 그 주인이 참 범상치 않더라는 것이었다. 멋진 방이긴 해도 자기가 쓰기엔 적합하지 않았는데, 집주인이 하도 인상적이어서 초대해 차를 마시기로 했으니 나더러 한번 와서 만나보라고 했다. 뭐가 그리 범상치 않은데? 만나보면 알 거라나. 어쨌거나 메리는 그 부인이 카네티의 옛 정부였을 거라고 추측했다. 그녀의 서가에 카네티 소유의 책들이 그득했는데 그 방을 예전에 카네티가 썼다면서. 나는 그다과 모임에 동참했다. 내가 봐도 마리루이즈는 인상적인 사람이었다. 재미있고 다정하고 매력적이면서도 철부지 같았다. 내가 카네티의 책을 출간했다는 걸 알고 흥분해서, 그녀는 내가 카네티를 만난 적이 없다는 사실 따윈 아랑곳 않고 다

짜고짜 그에게 아내와 딸이 있다는 사실을 알기 전까지 이십 년 넘게 그의 친구이자 연인으로 지낸 이야기를 들려주었다. 내가 못 믿어 할 이야기라는 걸 그녀도 알았다. 그런데 그녀에겐 히틀러가 오스트리아를 침공하기 직전 빈에서 영국으로 함께 건너온 어머니를(그들은 부유하고 유명한 유대인 가문 출신이었다) 돌보느라 세상과 동떨어져 지낸 세월이 있었다. 그렇게 세상과 유리되어 살았기에 카네티에게 여자가 많았다는 사실도 몰랐던 듯했다. 그들에 대해 알고 있다는 기색을 나한테 한 번도 내비치지 않은 걸 보니 말이다. 그저 그가 유부남이라는 사실을 알고 난 후 두 사람의 관계가 급작스럽게 그리고 정말 고통스럽게 끝났다고만 했다. 그녀의 이야기를 들으면 들을수록 카네티, 그리고 최근에 고령의 나이로 사망한 어머니가 그녀의 인생을 소진시켜 이제 빈 껍질만 남았겠다 싶었다…. 하지만 마리루이즈는 전혀 공허해 보이지 않았다.

메리의 말로는 마리루이즈가 그림을 그리는 것 같다고 했는데, 얼마 후 내가 햄프스테드에 있는 그녀의 저택을 방문했을 때 흥미로운 물건과 그림은 가득했지만 그녀의 작품 같은 건 보이지 않았다. 그런데 이야기 도중에 그녀 입에서 그녀 자신의 작품 이야기가 나왔고, 그래서 나는 좀 보여줄 수 있겠느냐고 청했다. 부탁하면서도 내심 몹시 불안했다. 보여

준 그림들이 끔찍하면 그만큼 난처한 일도 없을 테니까. 그녀
는 나를 자기 침실로 데려갔는데—이건 나쁜 징조였다—크고
천장이 높은 그 방은 한 벽면 전체가 붙박이장이었다. 그녀가
그 장을 여니 그림들로 꽉 찬 선반들이 보였고, 그녀는 거기
서 작품 두 개를 꺼냈다. 나는 깜짝 놀랐다.

그 사랑스럽고 재미있고 연약한 노부인은 정말 화가였다.
막스 베크만Max Beckmann[*]과 오스카 코코슈카Oscar Kokoschka[**]에
게 뒤지지 않는 진짜 화가. '세상에, 진짜 화가시군요!'라고 말
할 수도 없고 뭐라 해야 할지 곤란했다. 그녀가 화가라는 걸
당연시한다면 그녀의 작품에 대해 언급하는 것도 주제넘은
짓일 테니까. 내가 뭐라고 했는지 기억나진 않지만 다행히 그
후로도 그녀가 늘 즐겁게 자신의 작품 이야기를 한 걸 보건
대 그런대로 상황을 넘겼던 모양이다. 그녀는 그림 얘기를 나
누기에 좋은 상대였는데, 그래서인지 그녀에게서 공허감 같은
것은 느끼지 못했다. 그녀는 사는 데 꼭 필요한 행운을 타고
난 사람의 좋은 본보기였다. 그런 사람들은 어떤 고난이 닥쳐

---

[*] 독일의 화가(1884~1950). 양차 세계대전의 혼란기에 표현주의, 입체주의 등 다양
한 형식을 넘나들며 독일 미술계에서 두각을 나타냈다. 2차 세계대전 때 히틀러에게
퇴폐 미술가로 낙인찍혀 독일에서 추방당했다.

[**] 오스트리아의 화가, 극작가, 시인(1886~1980). 구스타프 클림트가 이끈 표현주의 운
동에 큰 영향을 받고 이후 빈에서 크게 일어난 표현주의 운동을 이끌었다.

도 자신이 타고난 것으로 원하는 바를 이뤄낼 수 있다.

하지만 좀 애가 탔다. 그 모든 그림들이 그냥 침실 붙박이 장 안에서 저렇게 시들어가도 되나 싶어서였다. 그런데 알고 보니 두세 점이 유럽의 공공 미술관에 걸려 있고, 얼마 전에 는 괴테 연구소에서 그녀의 작품 전시회가 열린 적이 있었다. 그래도 어이가 없는 상황이었다. 그렇게 된 데는 카네티와 그 녀 어머니의 탓이 크다고밖에 볼 수 없었다. 두 사람은 식인 종이나 다름없었다. 카네티는 오만함으로, 그녀의 어머니는 의존성으로 그녀의 인생을 소진시켰던 것이다(그녀의 어머니 는 필요한 것 좀 사러 이십 분만 외출하겠다고 하면 "네가 돌아 오기 전에 내가 죽으면 어떡하냐?"며 우는소리를 했단다). 그녀 가 영국에서 사는 동안 그녀의 작품과 관련 있는 독일 표현 주의 그림들이 제대로 평가받지 못한 점도 그녀가 예술계를 떠나 있는 한 가지 이유로 작용했을 테지만.

하지만 부질없는 걱정이었다. 비록 사랑하는 두 사람에게 이용당했다 해도 마리루이즈에겐 다른 모든 사람을 마음대 로 주무르는 재주가 있었다. 그녀는 누구를 만나든 수줍어하 면서도 곧장 도움을 청했다. 좋은 치과의사나 배관공이나 양 재사 좀 소개해달라거나, 소득신고서 작성하는 것 좀 도와달 라면서. 늘 상대방이 유일한 희망이기라도 한 것처럼 굴었다.

나는 한참이 지나서야 햄프스테드 주민 상당수가 그녀를 친절히 가르쳐주고 보살펴주고 있으니 사실상 걱정 따윈 할 필요가 없다는 걸 알게 됐다. 내가 그녀를 만났을 즈음에는 피터 블랙이라는 젊은 친구가 그녀에게 대형 전시회를 열어줘야 마땅하다며 빈에 있는 벨베데레 미술관 측을 설득하는 막바지 작업 중이었다. 나는 그녀가 미술관 측이 제공하는 카탈로그에 실린 설명이 마음에 들지 않아 그쪽으로 편지를 보내야 했을 때 제대로 된 편지를 쓰는 일을 도왔는데, 그 덕분에 전시회 개막식에 초대를 받기도 했다(또 국립초상화미술관이 그녀가 그린 카네티 초상화를 거절했을 때 그 결정을 번복하도록 설득하는 편지도 썼는데, 나로서는 이 일이 더 뿌듯하다. 미술관 측은 그녀에게 유명 인사가 아닌 사람의 초상화에는 관심이 없다고 냉정하게 말하면서, 내 입으로 이런 말 하기는 뭣하지만, 그래도 그 편지, 그러니까 알면서도 모르는 체하면서 카네티가 어떤 인물인지를 설명한 내 편지는 참으로 명문이라고 했단다. 한 부 보관하고 있을 것. 아무튼 카네티의 초상화는 지금 그곳에 걸려 있다).

빈에서 열린 전시회는 훌륭했다. 그림들이 마땅히 있어야 할 곳에 걸려 있는 모습을 보니 동물원 우리에 갇혀 있던 동물들이 풀려나 살던 곳으로 되돌아간 걸 보는 듯했다. 마리루이즈는 고향에서 뭘 해줘도 기뻐할 마음이 없었겠지만(같은 유대인들을 돕겠다고 빈에 남았던 사랑하는 오빠를 죽였으니까), 시시콜콜 꼬투리를 잡으려 기를 쓰긴 했어도 전반적으로 기쁜 기색을 감추지 못했다.

그녀가 죽기 전 마지막으로 만났을 때, 나는 카네티가 죽음을 받아들이지 않겠다는 말을 정말 진심으로 한 거냐고 물어봤다. "아, 그럼요." 그녀가 대답했다. 그러면서 털어놓기를, 그 사람에게 너무 홀려서 '이 사람은 정말로 그럴 거야. 죽지 않는 최초의 인간이 될 거야'라고 생각한 적도 있다고 했다. 그렇게 말하면서 본인도 우습다는 듯 웃었지만 목소리에서는 떨림이 묻어났다. 그녀는 그때까지도 카네티의 그런 태도를 영웅답다고 여겼던 것 같다.

나한테는 그냥 바보 같은 소리였다. 인생이 개체 단위가 아니라 종족 단위로 돌아간다는 건 너무 분명한 사실이다. 개개인은 그저 나고 자라서 아이를 낳고 시들다 후손에게 자리를 내주고 죽는다. 저마다 어찌 생각하든 인간이라면 예외가 없다. 하지만 그동안 우리는 어떻게 해서든 시들어가는 노년기를 성장기보다 늘리려 애써왔다. 그러니 노년에는 어떤 일들이 일어나는지, 그리고 노년은 어떻게 보내야 하는지 생각해보는 게 좋지 않을까. 청춘에 관한 책들이 꼬리에 꼬리를 물고 나오고 출산같이 힘들고 복잡하기 짝이 없는 경험을 다룬 책들도 갈수록 쏟아져 나오는데 저물어가는 노년을 다룬 책은 별로 없다. 노년에 이른 지도 한참 지났고 강아지와 나무 고사리 때문에 내가 늙었다는 사실이 자꾸만 떠오르니, '그런 책을 내가 한번 써보면 어떨까?' 그래, 한번 해보자.

죽음이란 수선 피울 일이 아니야

이제 나는 노년에 들어선 지도 한참이 지나 더는 머지않은 불가피한 끝을 향해 나아가고 있다. 종교에 '기대지' 않고, 장차 닥칠 일을 있는 그대로 직시하면서. 기분이 어떠냐고? 나보다 먼저 그 길을 갔던 주변 사람들을 생각하며 배우려 한다.

우리 집안은 양가 모두 여자들 대부분이 구십대까지 총기를 잃지 않고 산다. 양로원으로 들어가거나 입주 돌보미를 고용해야 했던 사람은 아무도 없었다. 결혼한 이들은 다들 남편보다 오래 살았고 딸들이 있어서 말년에 도움을 받았다. 병원에서 죽음을 맞은 이들은 거의 없었고 병원에 있어봤자 하루나 이틀 정도였다. 가장 친한 친구의 노년과 죽음을 지켜보면서 그런 점에서 우리 집안사람들이 정말 운이 좋다는 걸 확실히 알게 되었다. 능숙한 가정간호사를 고용하거나, 직원들이 유능한 만큼 친절하고 이해심도 많은 '시설'(그런 곳은 없지만 몇 군데는 그래도 다른 곳에 비하면 그런 편에 속하는데 보통 비용이 무시무시하다)에 몸을 의탁하자면 비용이 엄청나다. 우리 집안에 양가를 통틀어 일주일 이상 그런 비용을 감당할 여력이 있는 사람은 아무도 없었을 것이다. 우리는 누구나 자기 집에서 자신이 믿고 사랑하는 사람들 곁에서 사는 날까지 살다가 죽고 싶어 한다. 아버지를 먼저 보내고 홀로 남았던 내 어머니도 마찬가지였다. 하지만 어머니의 경우는 간신히 그런 행복한 결말에 이르렀는데, 그 점에 대해 나는 아직도 죄책감을 느낀다.

어머니가 92세였을 때 나는 70세였다. 어머니는 귀가 멀고 한쪽 눈은 안 보이고 다른 한쪽도 콘택트렌즈를 껴야 볼 수 있었다. 엉덩이 관절염이 심해 거의 걸을 수가 없었고 오른팔은 있으나 마나였다. 또 협심증(그래도 증상이 가볍고 어쩌다 일어났다)과 현기증(끔찍하게 괴롭고 자주 일어났다)도 있었다. 나는 런던에 살면서 엄청 운이 좋아 그때까지도 일을 하면서, 자기 몫의 생활비를 댈 돈이 거의 없는 오랜 친구와 한 아파트에서 함께 살고 있었다. 나 역시 한 푼이라도 저축할 수 있을 만큼 돈을 벌어본 적은 없었지만 말이다. 어머니는 내가 노픽에 있는 집으로 들어와 함께 살았으면 좋겠다는 말을 절대 하지 않을 양반이었지만 나는 당신의 마음을 잘 알고 있었다. 또한 다정하고 의지할 수 있고 너그러운데다 바라는 게 없는 여인의 자식이라면 말년에 그런 위로쯤 당연히 해드려야 한다고 생각했다. 나는 인간이란 모름지기 젊어서는 자식을 돌보고 늙어서는 자식의 돌봄을 받는 게 자연의 이치라 생각한다. 어리석거나 삐딱한 부모들은 그 이치를 따르지 않지만. 내 어머니는 어리석거나 삐딱한 분이 아니었다.

물론 내가 과거에 내 능력에 합당한 보수를 받도록 조치를 취했더라면, 더없이 너그러운 사촌의 작은 아파트에서 쥐꼬리만 하긴 하지만 집세를 내가며 사느니 어머니를 모실 집을 살수 있었을 것이다. 한번은 어머니의 노후를 내다보고 안드레 도이치에게 그 문제를 꺼냈다(그는 우리 회사에서 자기가 나보다 더 많이 가져가는 걸 당연하게 여겼다. 자신이 없으면 회사도 없을 테니까. 하지만 그 차이를 너무 벌려놓았고 돈에 관한 한 백치 같은 나를 주저 없이 이용해먹었다. 만일 내가 강력히 항의했더라면 그를 굴복시킬 수 있었을 테지만 나는 그런 문제로 이러쿵저러쿵하기에는 너무 게을렀다). 그는 늘 그렇듯 회사로서는 내 보수를 올려줄 여유가 없다고 생각했지만 이재에 밝은 친구에게 자문을 구해주었다. 그 친구 말이, 내가 적당한 집을 찾으면 보험회사가 그 집을 사도록 조처해줄 수 있다는 것이었다. 그리고 내가 사는 동안은 유리한 조건으로 거주할 수 있게 해준다고 했다. 어떻게 유리한 조건이었는지는 이제 잊어버렸지만. 나는 놀라울 정도로 넓은 정원이 있고 일층은 어머니가 독채처럼 혼자 쓸 수 있는 매력적인 작은 집을 찾아냈는데, 보험회사에서 나온 감정평가사는 엄숙한 말투로 그 집은 위험부담이 크다고 했다. 주택가 끝에 있는데다 툭 튀어나와 있다면서. 여러 해가 지난 지금도 그 집 앞을 지나갈 때면 살펴보는데, 그때도 그랬지만 지금도 어디가 어떻게 튀어나왔다는 건지 알 수가 없다. 하지만 그 소리를 듣고 나니 더이상 집을 알아볼 생각이 나지 않았다. 이런 실제적인 일에 지원이 있었다면 기분 좋게 일을 추진했겠지만 지원해주지 않으니 마음에 드는 삶의 방식을 바꾸기 싫어하는 나의 내재적 성향이 승리를 거뒀고, 그 뒤로 더는 집을 알아보지 않았다.

이것이 내가 죄책감을 느끼는 이유이다. 내 일과 런던 생활을 포기하는 것에는 현명하지 못한 실제적이고 경제적인 이유가 있었지만, 어머니와 내가 꼭 그래야 했다면 분명 어떻게든 그렇게 했을 것이다. 그런데 그 이유가 그러고 싶지 않은 내 마음만큼 설득력 있지 않았던 것이다.

그렇다고 해서 내가 죽음을 앞둔 94세의 외할머니에게 어머니가 했던 것보다 더 이기적으로 군 건 아니었다. 어머니는 당시 남로디지아*였던 짐바브웨에 살고 있는 내 여동생을 보러 가고 싶어 했다. 어머니의 상태를 고려하면 다음에 가야겠지? 하고 혼잣말을 하더니, 당시 외할머니를 모시고 살며 혼자서 그 병수발을 고스란히 감당하고 있던 조이스 이모에게 물어보고는, 내 동생한테 가는 것을 연기하면 외할머니가 당신이 살날이 며칠 안 남은 거라 생각할지 모르니 가도 된다고 이모가 말하더라고 했다. 핑계라는 걸 나는 잘 알고 있었다. 어머니는 죽음을 목도하는 게 두려워 당신이 없는 사이 그 일이 벌어지길 바랐는데 과연 어머니의 뜻대로 됐다. 어머니는 평생 응석받이로 자란 버릇없는 막내딸 노릇을 하면서 책임감 있는 이모들과 달리 하고 싶은 대로 다 하며 제멋대로 살았다. 나는 그런 어머니가 부끄러웠고 그런 모습에 충격을 받기까지 했는데 당신을 탓할 수는 없었다. 당시 나 역시 어머니를 자주 만나지 않았고, 나는 가족에게 의존하지 않는다고 생각했으니까. 하지만 어머니와 나는 같은 핏줄이었다. 가장 가까운 피붙이의 핏속에 흐르는 것이 나의 핏속에도 흐

---

* 현재의 짐바브웨에 해당하는 영국의 보호령(1923~1980).

른다는 것을 느낄 수밖에 없는 그 으스스한 유전적 근사성이 작동하고 있었던 것이다. 그래도 어머니의 이기심을 나 자신을 위한 변명거리로 삼을 수는 없다.

하지만 결국 죄책감에 마음이 너무 무거워지자 오래 살던 곳을 떠나기 싫은 마음과 의무를 이행할 수밖에 없는 상황 사이에서 타협을 보기로 결심했다. 날씨가 좋을 때는 차로 오가고 길이 좋지 않아 위험할 때는 기차로 오가면서 일주일에 나흘—주말과 장보는 날—은 어머니와 함께 지내고, 사흘은 런던에서 보내기로 한 것이다. 주중에는 어머니를 돌봐줄 사람들이 있었다. 맡은 바 이상으로 친절하고 믿을 만한 아일린 배리가 일종의 가사도우미 역할을 하며 매일 아침 들렀고, 시드 폴리는 장작을 패고 매일 오후 힘든 정원일을 해주었고, 그의 아내 루비는 잔디를 깎고 꽃을 꺾어 꽃꽂이를 해주고 새 모이판의 먹이를 관리해주었다. 마이라는 저녁을 준비해주고 설거지와 다림질을 해줬으며 쇼핑도 대신 해주었다(당연히 그녀는 단골 가게에서 물건을 샀기 때문에 자기 가족에게는 맞아도 우리 어머니 취향은 아니어서 어머니가 만족할 때가 거의 없었다). 당시 시골에서는 그다지 전문적이진 않아도 믿을 만한 도움을 받는 데 큰돈이 들지 않았다. 실제로 가사도우미는 사회복지사업을 통해 무료로 제공되었다(듣기론 이제는 중단되었다고 한다).

나흘 밤은 어머니와 함께, 사흘 밤은 런던에서 지내겠다는 계획을 밝히고 런던으로 돌아온 후 나는 침대에 무너지듯 쓰러졌다. 몸이 끔찍이 안 좋았다. 체온이 너무 낮아 체온계가 고장 난 줄 알았다. 하지만 원치 않은 저항이 끝나자 나는 원래의 컨디션을 되찾았고 생활을 상당히 잘 지탱해나갔는데, 노인과 함께 살면 그렇게 해야만 한다. 어머니에게 맞는 식재료를 사서 요리해 어머니의 식사 시간에 맞춰 먹고, 어머니가 시키는 대로 정원을 손보면서 나 자신의 일은 한쪽으로 치워버리는 것이다. 음악도 듣지 않는다. 보청기를 낀 어머니의 귀에는 이상하게 들리니까. 그리고 대화도 거의 어머니의 관심사에 대해서만 한다. 이제 어머니는 더 이상 다른 사람의 필요나 취향에 적응할 수가 없는데다, 내가 어머니 곁에 있는 것은 당신의 필요나 취향을 실컷 충족해주기 위해서니까. 다행히 어머니의 열정적인 취미인 정원일은 나의 관심사이기도 해서 수월했다. 당시 제한된 시력에다 류머티즘에 걸린 손 때문에 어머니가 할 수 있는 일이라고는 뜨개질밖에 없었는데, 어머니의 뜨개질은 대담해서 자주색을 넣을지 말지, 요크*

---

* 드레스나 치마 등에서 어깨나 허리에 딱 맞게 조이는 부분.

에 새로운 패턴을 넣을지 말지를 두고 어머니와 토론하는 일은 정말 재미있었다. 어머니의 상태가 좋을 때 만족해하는 모습을 보거나 내가 있어 어머니가 좀 더 만족스러워한다는 걸 알게 될 때면 정말 기분이 좋았다.

하지만 어머니의 상태가 늘 좋은 건 아니었다. 가끔씩 안색이 잿빛으로 변했고 그럴 때면 어머니는 '심장 약' 한 알을 조용히 혀 밑으로 밀어넣었다. 위험하기는 덜하지만 괴롭기는 더한 현기증은 더 잦았다. 영리한 어머니는 전략적으로 약을 보관해 '어지럼증'이 거실에서 일든 부엌에서 일든 아니면 침실이나 화장실에서 일든, 너무 애쓰지 않고도 필요한 용품을 챙겨 의자로 가서 앉았다. 하지만 이런 증세들은 점차 잦아졌고 강도도 세지고 오래갔다. 다행히 내가 곁에 있을 때는 어머니를 도울 수 있었지만 또 그런 일이 닥치면 어떡하나 싶어 불안감이 커져갔다. 그리고 정말로 그런 일이 잦아졌다. 밤에 잠에서 깰 때면 걱정이 되어 다시 잠을 이루기 어려웠다. 나는 어머니의 평소 움직임을 훤히 꿰고 있었다. 어머니는 새벽 네 시쯤 되면 거의 어김없이 발을 끌면서 화장실에 갔다(침실에 침실용 변기를 두라고 해봤지만 정말 응급 상황이 아니면 싫어했다). 여섯 시 삼십 분쯤 되면 어머니는 느린 동작으로 세수를 하고 옷을 입었다. 만일 이런 소리들이 안 들리면… 그건 내가 그 소리를 못 들었거나 뭔가 잘못된 거였다. 그러면 일어나서 확인해봐야 했다. 어머니의 기침 소리가 들리면 그냥 기침인지 현기증에 동반되는 구역질로 인한 기침 소리인지 확인될 때까지 긴장한 채 귀를 기울이고 있어야 했다. 그러면 불안은 합리적인 어떤 것이 아니라 동물적인 공황 상태 같은 것에 점점 더 가까워지는 듯했다. 어쨌거나 어머니에게 현기증이 오면 내가 도와줄 수 있었고, 설령 그것이 심장 발작이더라도―어머니는 결국 그 때문에 돌아가셨는데―차라리 일찌감치 찾아온 그 불가피한 종말은 오래도록 잘 산 인생의 시의적절한 결말이지 비극이 아니라는 걸 잘 알고 있었다. 그래도 한 주 한 주 지날수록 그 끔찍한 현기증 탓에 어머니가 조금씩 더 늙고 더 무력해지고 더 지쳐가자 겁이 났다. 죽음이 어머니에게 잔인하고도 치명적인 짓으로 고통을 주려고 집 다락에 숨어 기다리고 있다는 생각이 들어서였다.

나흘은 어머니와 함께, 사흘은 런던에서 지내는 생활을 일 년가량 이어가다가 내가 그 일에 정말로 겁을 내고 있다는 사실을 깨달았다. 물론 걱정이 없다 해도 피곤한 생활이었다. 런던에 있을 때는 열심히 일을 해야 해서 혼자 있을 시간도, 내 집에서 개인적인 일을 할 시간도 없었다. 극도로 지쳐가고 있음을 느꼈다. 나는 매일 차를 몰고 직장으로 가서 차를 차

고에 두고 사무실에서 십오 분가량 걸어 나왔다. 예전엔 러셀 광장을 지나는 그 즐거운 산보를 늘 즐겼었다. 그런데 이젠 진 빠지는 일로 보였다. 내 두 발이 응당 해줘야 할 일도 제대로 해주지 않아 나는 넘어지지 않으려 조심해야 했다. 심지어 산책하는 게 두렵기까지 했다. 어머니와 함께 보냈던 어느 주말에는 너무 신경질이 나고 암울해서 어처구니없게도 눈물이 터질 것만 같아 집에 가자마자 주치의를 만나야겠다고 마음먹었다. 의사는 고혈압이라고 했다. 혈압이 너무 높다고. 나는 놀랐지만 한편으로는 안심이 됐다. 뇌졸중이 올까 은근히 겁이 나고 놀랐지만 그렇게 기분이 나빴던 게 그저 내 상상이 아니라 실제적인 이유가 있었다는 것에 마음이 놓였다. 의사는 내가 스트레스를 받는 게 당연하다면서 적당히 쉬어야 한다고 했다. 나 스스로도 체중 조절을 하지 않은 자신을 꾸짖었다. 몇 달간 확인도 하지 않아 체중이 80킬로그램 가까이로 늘어 있었다. 여동생이 고맙게도 짐바브웨에서 건너와 어머니와 다섯 주 동안 있어줘서, 나는 일주일은 내 침대를 떠나지 않았고 일주일은 호화로운 건강센터에서 살빼기 과정을 밟았다(이후에는 혼자서도 계속 잘해나갔다). 일단 혈압이 정상으로 돌아오고 몸이 다시 좋아지자―최근 몇 년간의 어느 때보다 좋았는데―쉴 틈도 없이 나흘은 어머니와 함께, 사흘은 집에서 보내던 계획을 수정해 매달 셋째 주말은 런던에서 나만의 시간을 갖기로 했다. 이치에 맞는 결정이었지만 죄책감이 되살아났다. 런던에서는 걱정을 떨쳐버리고 나 자신의 일만 생각할 수 있었지만(한동안 무심해야 했던 적이 있었기에 이전보다 더 즐겁게), 어머니 곁에 머물 때면 한밤의 걱정이 이전보다 더 심해졌다.

"난 죽음이 두렵지 않다." 어머니는 이렇게 말했고, 또 당신이 죽고 나면 어떤 일이 생길지 냉정하게 논하면서 많은 사람들과 달리 정말로 죽음을 그리 두려워하지 않는다는 걸 보여주었다. 나 역시 그렇다고 생각한다. 하지만 그 말 다음에 이어지는 말은 너무 자주 쓰는 말이라 진부한 상투어가 돼버렸는데, 그건 '죽음 자체가 두려운 게 아니라 죽는 과정이 무섭다'는 말이다. 죽어가는 광경을 실제로 눈앞에서 보면 그 말이 정말 실감난다. 내 어머니는 죽는 건 두려워하지 않았지만 협심증이 닥치면 숨을 쉬지 못해 매우 겁을 냈다. 나도 어머니가 죽는 건 두렵지 않았지만 어머니가 죽어가는 과정을 보는 건 겁이 났다.

나는 그때까지 죽은 사람을 딱 한 번 보았다. 칠십 줄에 들어선 여자가 시신을 한 번밖에 보지 못했다니 얼마나 우스운 일인가! 죽음에 관해 현대인이 갖고 있는 금기만큼 말이

안 되는 금기도 없는 게 분명하다. 내가 본 유일한 시신은 안드레 도이치의 아흔두 살 노모였는데, 공교롭게도 안드레 도이치가 해외에 나가 있을 때 돌아가신 것을 가정간호사가 발견했다. 경찰이 시신을 영안실로 옮긴 다음 안드레의 비서와 나를 찾아내 누구 한 사람이 와서 시신의 신원을 확인해달라고 했다. 우리는 함께 가보기로 했다.

영안실로 가면서 나는 마음을 안정시켜줄 만한 시신에 대한 다양한 묘사를 떠올렸다. 생전의 그 사람과는 전혀 무관해 보이는 텅 빈 모습, 엄숙하고 평온한 죽음이 가져다준 아름다움이 서린 얼굴 등등. 내가 마음을 진정시키고 싶었던 건 시신이 있는 방으로 가서 담당자가 시신의 얼굴을 덮은 시트를 젖히는 동안 곁에 서 있게 될 거라 예상했기 때문이었는데 실제로는 그렇지가 않았다. 우리는 통유리창이 있는 좁은 방으로 안내되었고 창에는 싸구려 회녹색 다마스크 천으로 만든 커튼이 쳐져 있었다. 커튼을 젖히니 창 너머로 시신이 보였는데 궤 안에 누워 목까지 자주색 벨루어* 침대보 같은 걸 덮고 있었다.

"아, 불쌍한 마리아!" 내 입에서 이 말이 절로 나왔다. 그 시

---

* 주로 외투감으로 쓰는 플러시 천.

신은 생전의 마리아와 아무 상관 없어 보이지도, 엄숙하고 평
온해 보이지도 않았다. 거기 누워 있는 건 쑥대머리에 지저분
한 얼굴을 한 불쌍한 마리아였다. 말도 못 하게 가혹한 일을
당해 몹시 당혹스럽고 낙심한 듯 보이는 마리아. 그녀가 죽
어서 그 꼴로 누워 있는 자신을 못 보는 게 다행이다 싶었다.
하지만 한때 내가 즐겨 떠올렸던 죽음의 이미지, 뗏목에 누워
밤바다 위를 떠가는 그 이미지가 정말 터무니없는 것이라는
사실을 너무 명확히 보게 된 것은 위안이 되지 않았다. 마리
아의 시신을 보면서 나는 신속한 죽음조차 매우 끔찍할 수 있
다는 사실을 알게 되었다.

　다른 면에서 보면 영안실은 놀라우리만큼 쾌적했다. 담장
이 쳐진 안뜰을 지나가는데 뒷유리 창을 칠한 승합차들이
오갔다. 그중 하나가 후진을 하더니 구석진 곳에 있는 하역장
으로 다가갔다. 물건을 배달하나 보다 했는데 실은 시신을 내
리고 있었다. 우리가 들어선 통로 바로 옆방에서는 승합차를
운전하고 시신을 싣고 내리는 남자들 여럿이 차를 마시고 있
었다. 중년에서 초로에 이른 사내들이었고 생긴 게 다부지고
좀 상스러워 보였다. 그들은 우리가 방문 앞을 지나가자 힐끔
쳐다봤는데 그들 눈에 희미한 조롱기가, 거의 알아챌 수 없을
만큼 아주 잠깐 어렸다. 그들은 알고 있었다. 죽음이란 그 과정

이 아무리 끔찍하다 해도 아주 일상적인 사건이라 수선 피울 일이 아니라는 것을. 그들 대부분은 분명 자신의 일을 진지하게 대하겠지만 그런 눈빛을 보니 개중에는 시체를 아무렇게나 다루길 좋아하는 사람도 있을지 모른다는 생각이 들었다. 가령 배꼽을 재떨이로 쓸까 어쩔까 하면서, 이런 광경을 보면 비위가 약한 사람들은 끔찍하게 여길 거라 상상하면서 말이다. 그런 사람들은 유족의 슬픔은 존중하겠지만 그 결벽증은 경멸할 터였다. 결벽증을 버렸기에 그들은 다른 부류의 사람이 된 것이다.

시신을 일상적으로 접할 수 있는 이곳에 대한 내 반응은 병적인 호기심 같은 것이었다. 입구 바로 옆방의 남자들이 나를 힐끔거렸다면 나 역시 그들을 힐끔거렸다. 나는 호기심을 내보이기 싫어 힐끔거리는 걸 들키고 싶지 않았다. 흰색 승합차 안과 마리아가 있던 통유리창 맞은편, 특별히 고안된 그 공간에 감춰놓은 시체들을 나는 예리하게 의식하고 있었다. 내가 개였다면 두 귀가 쫑긋 서고 목덜미 털이 바짝 섰을 것이다. 그 묘한 흥분감은 어린 시절 웃자란 풀숲에 가려져 있거나 덫에 걸려서—덫에 걸렸는지 총에 맞았는지 모르겠지만—철사에 목이 매달린 채 으스스한 사냥터지기 '식품저장실'에서 썩어가던 동물의 사체를 우연히 발견했을 때 화들짝 놀라 물러섰던 경험과 어느 정도 연관이 있는 것 같았다. 그런 걸 보고 싶지 않아서 나는 종종 멀리 돌아가곤 했는데, 실은 그런 이유로 내가 숲속을 거니는 걸 좋아하지 않는 것 같다. 이 두 가지 반응은 정반대인 듯하지만 동전의 양면일 수 있다. 무엇이 진실이건 간에, 어머니의 집에서 논리적 사고를 통해 밤사이 느끼는 공포에서 벗어나려고 애쓸 때 나는 그 영안실과 죽은 동물들을 떠올렸다. 진정해, 이건 "아, 어머니는 곧 죽어 사라질 거야"라고 말하는 마음의 문제가 아니야. 거기에는 전혀 다른 종류의 일련의 복합적인 반응이 있는 거야. 이건 그저 살이 썩기 때문에, 그리고 그런 해체의 일상성을 인정하는 것뿐 아니라 그걸 느끼는 것도 가능하기 때문에 몸서리가 쳐지는 육신의 문제라고. 그 후 얼마 지나지 않아 시 한 편을, 아니 좀 더 정확히 말하자면 짧은 글 한 편을 썼다. 그것은 죽음에 대한 내 태도에 상당한 영향을 준 영안실 방문의 결과였다.

뒷길로 난 문 앞에 서 있는
뒷유리 창을 칠한 평범한 흰색 승합차들과
마찬가지로 눈에 띄지 않는 검은색 승합차들을
문이 열린 모습 본 적 없어도(그래서 오해하지만)

이제는 알아보게 되었다.

그 하얀 차들은 뒷골목에서 죽은 마약중독자들을
궁금해진 이웃이 불러온 경찰에게 발견된 얼어 죽은 늙은
여자들을
사무실에 늦게까지 남아 있다 목을 맨 남자를
클럽 밖에서 갑작스러운 싸움에 휘말려 칼 맞아 죽은 소년
을 실어나른다.

매일 아침 일찌감치 그 검은 차들은 영안실로 관들을 실어
간다.

시체를 다루는 사내들은 그렇지 않은 이들을 경멸한다.
왜? 어떻게? 무엇이? 어디서? 유족들은 속으로 외치는데
시체 처리하는 사내들은 눈꺼풀을 내려
은밀하지만 그 성마르고 상스러운 눈길을 감춘다.
개중에는 좋은 직장을 잡은 시체애호증자도 있지만
대다수는 죽음을 다루면서
죽음이란 할 말이 아무것도 없기에, 아무것도 아니기에,
아무 말도 하지 않는다는 걸 알게 된 보통 사람들이다.

어떻게 늙을까

처음 이런 차들을 알아보고는

소름이 끼칠 줄 알았다.

그런데 외려 기운이 나서 아직도 놀란다.

그런 차를 보면 생각한다.

'저기 죽음이 가네. 일과를 시작하는구나.

그런데 저들은 내가 모른다 생각하겠지.

저희만 죽음이 얼마나 흔해 빠졌는지 아는 배짱이 있다고.'

승합차를 알아보는 것, 그 이상 친근한 일도 없다.

그걸 알아보지 못하는 친구를 보는 내 눈에

은밀하지만 성마르고 상스러운 기색이 어린다.

죽음의 시간이 왔을 때 어머니는 거의 믿기 어려울 만큼
운이 좋았다. 그러므로 나 역시 운이 좋았고. 아흔여섯 번째
생신 전날 어머니는 지팡이 두 개에 몸을 의지해 정원 끝까
지 걸어가 시드 풀리가 유칼립투스를 새로 심는 걸 감독했
다. 시드가 나무를 심다가 봤더니 어머니가 이상한 것 같아
서 괜찮으냐고 물었다. 어머니는 좀 어지럽다면서 집 안으로
들어가는 게 좋겠다고 했다. 시드는 어머니를 집 안으로 데려

가 의자에 앉힌 다음 가정간호사인 아일린 배리에게 전화를 했다. 전화를 끊고 바로 온 아일린은 어머니에게 심부전이 온 걸 알아챘다. 아일린은 어머니를 동네 병원으로 모신 다음 내게 전화를 했다. 그때가 저녁 여덟 시 삼십 분쯤이었는데, 그녀는 곧장 올 필요는 없고 다음 날 아침 일찍 오는 게 좋겠다고 했다. 다음 날 새벽같이 병원에 갔더니 가까이들 살고 있던 남동생과 어머니가 제일 아끼는 조카딸이 벌써 와 있었다. 어머니가 죽고 난 직후 어머니의 죽음을 묘사한 일종의 시 한 편을 썼는데, 여기에 싣기에 알맞을 것 같다.

선물

어머니가 죽는 데는 이틀이 걸렸다.
첫날은 아흔다섯 해 된 어머니의 육신이 회복 불가능 상태로 무너져 끔찍했다.
어머니는 혼잡한 병실 칸막이 뒤 '응급 환자'였다.
눈은 풀리고 턱은 떨어지고 혀는 축 늘어져 있었다.
혼수상태였냐고?
아니다, 막 토하려 할 때 헐떡이며 "대야!"라고 했으니.
어머니는 무엇을 견뎌야 하는지 알고 있었다.

나는 어머니의 손을 잡았다.

어머니가 고개를 돌리더니 눈꺼풀을 힘겹게 들어올렸다.

어머니 눈에 초점이 모였다.

그 죽어가는 여인의 저 깊은 곳에서 잠시 잠깐 나를 알아보고

반색하는 기색이 일었다.

남동생도 거기 있었다.

나중에 동생이 말했다.

"어머니는 누나를 보고 정말 아름다운 미소를 지었지."

그것은 눈에 보이게 활활 타오를 것임을 의심한 적 없는 사랑이었다.

늘 그 존재를 믿었던 그 사랑을 나는 **보았다**.

다음 날 아침.

조용함, 수면, 간간이 이어지는 속삭임.

"좋아지셨어요!"

"기분이 훨씬 나아지셨어요." 친절한 간호사가 말했다.

"하지만 상태는 여전히 아주, 아주 안 좋아요."

나는 그 경고를 이해했고

기적처럼 보이는 건 모르핀 때문이란 걸 알았다.

내 기분이 어땠냐고? 샴쌍둥이 같았다.
하나는 어머니가 절대 죽지 않기를 원하고
다른 하나는 다시 살아나면
그 무서운 고통을 견딜 것을,
갈수록 무력해질 것을,
그래서 내 일을 포기하고 항상 어머니 곁에 있지 못한 나
의 죄책감도 커질 것을 생각하며 괴로워했다.
그렇게 두 마음을 오가니 기분은 나빴지만 그것도 잠시뿐,
이런 갈등을 해결할 심판관이 내 머릿속에 들어앉아 있었
기 때문이다.
그가 말했다. "너희 둘 다 이기지 못하니 입 닥치고
무슨 일이 일어나든 잘해."

무너진 몸이 편해지자 어머니가 너무 생생해
곁에 있자니 당황스러웠다.

어머니는 존재의 끝자락에서
지쳤지만 평소와 다름없이

키우던 개를 어쩌할 것이며 유언장은 어디 있는지 말했다.

사촌이 "이제 곧 집으로 가실 건데 그런 말씀 마세요" 하자

어머니는 짜증을 내며 말했다.

"말도 안 되는 소리, 지금 당장이라도 갈 수 있어."

그러더니 다시 깊은 잠에 빠졌다가 고개를 약간 돌리며 말했다.

"지난주에 잭이 모는 차를 타고 유칼립투스를 사러 종묘원에 갔던 얘기를 했나?"

나도 그 종묘원과 우리 둘 다 평생 알고 있던 그 시골길을 차로 달리는 걸 정말 좋아했다.

내가 말했다.

"그러실 거라고 했는데, 좋았어요?"

어머니는 꿈을 꾸듯 말했다.

"정말 멋졌단다."

그것이 어머니의 마지막 말이었고,

어머니는 다시 깨어나지 못했다.

나의 남자들 I

육십대 내내 나는 여전히 중년 언저리에 있다고 느꼈다. 중년이라는 해변에 안착한 건 아니고 그 연안을 항해하고 있어 중년이 소리쳐 부르면 닿을 거리에 있다고 말이다. 일흔 번째 생일에도 그 느낌은 바뀌지 않았는데, 그건 내 생일이 지난 것도 거의 몰랐기 때문이다. 하지만 일흔한 번째 생일이 되자 그 느낌은 결국 바뀌었다. '일흔이 넘었다'는 건 늙은 것이다. 나는 돌연 그 사실에 좌초해, 늙은 게 뭔지 여러모로 따져보고 헤아려볼 때가 되었음을 알았다.

나는 여자들의 노년이 크게 달라졌음을 목격할 만큼 오래 살았다. 남자들의 경우에는 별로 달라진 게 없는데, 그건 굳이 크게 변할 필요가 없기 때문이다. 우리 할머니 세대의 여자들은 일흔이 넘으면 유니폼이라 할 만한 옷들을 입었다. 과부라면 유행을 무시하고 검은색이나 회색 옷을 입었고, 남편이 살아 있는 여자들도 우중충하고 평퍼짐한 옷을 걸쳐서 더이상 매력적으로 보이고 싶지 않다는 점을 분명히 했다. 우리 친할머니는 외할머니보다 나이가 더 많았는데, 돌아가시는 그날까지 바닥에 끌리는 검은 옷을 입고, 제대로 성장盛裝을 한 빅토리아시대 여자들처럼 검은 벨벳과 레이스로 정교하게 만든 쓰개를 '모자 삼아' 머리에 얹었다(내가 노년에 머리숱이 줄어든 걸 보면 이는 친할머니 쪽에서 유전된 것으로, 할머니가 그렇게 특이한 패션을 고집한 데는 다 그럴 만한 이유가 있었던 거다). 내 큰이모도 1930년대에 남편이 죽은 후로는 검은색 아니면 회색 옷만, 그것도 둔해 보이는 것으로만 일부러 골라 입었다. 1920년대에 갑자기 치마 길이가 짧아진 것이 이런 '유니폼'의 보존에 기여했는데, 나이가 몇 살이건 간에 괴상망측해 보이고 싶은 사람은 아무도 없기 때문이다. 괴상망측하다는 건 늙은 몸뚱이와 사지에 '신여성들' 사이에 유행하던 옷을 걸친 것을 말하는데, 내가 젊었던 시절만 해도 나이든 여자들은 여전히 겉모습을 통해 자신이 딴사람이 되었음을 나타냈던 것이다. 하지만 2차 대전 이후로는 전쟁통에 어쩔 수 없이 검소하게 살았던 데 대한 반발로 옷차림이 훨씬 자유로 위졌다. 한동안 〈보그〉 지는 '엑서터 부인Mrs. Exeter'이라는 코너를 실어 나이가 들어도 유행에 맞게 멋있는 옷을 입을 수 있다고 독자를 설득했는데, 얼마 안 가 이런 광고는 불필요해졌다. 여성들이 관습에 따르기보다는 아주 기꺼이 자기 몸매와 피부색에 어울리는 옷을 선택하게 되었으니까. 요즘이라도 늙은 여자가 십대처럼 옷을 입는다면 누가 봐도 정신 나간 꼴이겠지만, 나는 우리 할머니 세대는 꿈도 못 꿨던 선택의 자유를 누린다. 요즘은 좀 이상한 옷을 걸치고 동네의 모리슨스 슈퍼마켓에 갈라치면 누가 눈을 치뜨지 않을까 싶다가도 웬걸, 비키니라도 입어야 누구 한 사람 눈이라도 깜박이겠구나 생각하게 된다.

이제는 옷보다는 화장품이 나이가 덜 들어 보이게 해주고, 그래서 늙었다는 생각도 덜 하게 해준다. 최근까지만 해도 화장품은 위험할 수 있었다. 늘 화장을 짙게 하는 여자들은 얇고 탄력 없는 주름진 피부에 화장이 야기할 유감스러운 결과를 깨닫지 못한 채 계속 두껍게 화장을 하는 경향이 있기 때문이다. 내 오랜 절친한 친구 하나는 그것도 모르고 파티에 가려고 치장할 때면 새빨간 립스틱을 떡칠해 금세 이에 묻고 자글자글한 입가 잔주름에 끼어서 뭘 먹다 들킨 흡혈박쥐 꼴이 되곤 한다. 다행히도 오늘날의 화장품은 효과가 훨씬 좋고 섬세해서 눈에 띄게 바르면 자칫 흉해 보일 늙은 얼굴도 아주 자연스럽게, 실물보다 낫게 단장할 수 있다. 어머니한테 좋은 피부를 물려받은 덕에 아직도 피부가 곱다는 말을 듣지만 요즘은 적어도 그 '고움'의 절반이 '맥스 팩터Max Factor'* 덕분인 걸 잘 알고 있다. 나이든 여자에게 외모는 중요하다. 다른 사람들에게 어떻게 보일까 싶어서가 아니라 거울에 비친 나 자신의 모습 때문이다. 늙은 얼굴에 코가 빨갛건 번들거리건 두 뺨의 실핏줄들이 터졌건 말건 아무도 못 알아챌 테지만, 자기 눈에 그런 것들은 훤히 보이고, 그런 울적한 모습을 좀 매만지면 기분이 좋아진다. 사람의 외모가 곧 그 사람의 됨됨이는 아니더라도 그 사람을 평가하는 데는 상당히 중요한 요소니까. 나는 확실히 우리 할머니 세대보다 같은 나이에도 더 젊게 느끼고 더 젊게 행동한다.

하지만 이렇다 해도 칠십대로 접어들면서 가장 분명해진 건 인생에서 가장 중요했던 게 사라졌다는 것이다. 그렇게 늙어 보이지도 않고 또 그렇게 늙었다는 느낌이 안 들지 몰라도 나는 이제 더 이상 성적인 존재가 아닌 것이다. 여러 단계를 거쳤고 매 단계가 다 행복했던 건 아니었어도 늘 내 존재에

---

* 세계적인 기업 '프록터앤드갬블(P&G)'의 화장품 브랜드.

결정적인 요소였건만.

내 성性의 발전 단계는 네댓 살 때 존 셔브로크와 결혼할
거라는 선언과 더불어 시작됐다. 보는 사람이야 분명 웃겼
을 테지만 나로서는 매우 심각했다. 존은 울위치 커먼Woolwich
Common* 옆길에 있던 우리 집에서 몇 집 위쪽에 살던 키 작은
소년이었다(왕립포병대 장교였던 내 아버지는 당시 그곳 훈련
소 교관, 존의 아버지는 포병이었던 것 같다). 존이라는 이름과
내가 그 애와 결혼하려고 마음먹었다는 것 말고는 존에 대
해 생각나는 건 아무것도 없다. 존 다음으로 내가 결혼하기
로 마음먹었던 아이는 기억이 더 생생한데, 우수에 젖은 아
름다운 갈색 눈 때문이기도 하지만 나이가 들어 훨씬 매력적
이었기 때문이다. 그의 이름은 데니스인데, 우리가 외가의 그
늘 아래 살려고 갔던 홀팜의 정원사 아들이었다. 데니스에게
말을 붙여봤는지 어땠는지는 모르겠지만, 그가 뒷문 옆에서
펌프질을 하고 있을 때 내가 대담하게도 화장실 창밖으로 얼
굴을 내밀고 그의 머리에 침을 뱉었던 기억이 난다. 그 다음
으로는 나와 마음이 통했던(나와 내 남동생은 정말로 그들과
많은 시간을 보냈다) 잭과 윌프레드였다. 농장의 우두머리 소

---

* 런던 동남부에 있는 왕립포병대 훈련소.

치기의 아들인 그 두 사람에 대해서는 데니스보다 기억이 더 생생한데, 그건 내가 둘 중 누굴 더 사랑하는지 결정하느라 시간깨나 들였기 때문이다.

이들은 나의 로맨스 단계의 첫 수혜자였다. 이 단계에서의 사랑은 공상의 형태를 띠었다. 공상 속에서 내 열정의 상대는 위험천만한 상황에 처하곤 했다. 집에 불이 난다거나 홍수에 휩쓸린다거나. 그럴 때 내가 그를 구하게 되는데, 상대가 의식을 회복해 눈을 떴다가 자신을 내려다보고 있는 나를 발견하는 순간 내 검은 머리칼이 쏟아져 망토처럼 그를 감싸는 장면에서 내 공상은 절정에 달했다(어릴 적 나는 어깨까지 내려오는 쥐색 머리칼의 말라깽이였지만 시간이 지나면 괜찮아질 거라고 자신했다). 잭과 윌프레드는 내가 아홉 살이 될 때까지 내 로맨스 상대였다가 현실적인 이유에서 선택한 내 첫사랑 데이비드에게 자리를 내줬다. 데이비드는 다른 친구들보다 훨씬 친절하고 용감하고 현명했으며 또 함께 있기에 훨씬 마음 편한 친구였다. 데이비드도 걸핏하면 내 구조의 대상이 되었는데, 그가 그걸 알면 얼마나 바보 같다고 생각할까 싶어 좀 찔리긴 했다. 데이비드는 자기 엄마한테 내가 좋은 친구라고 말했다. 그땐 그 말을 듣고 신이 났지만 십대에 들어섰을 땐 그 말이 썩 좋게 들리지 않았다.

그러다 열다섯 살에 성인으로서 사랑에 빠졌다. 상대는 폴이었는데(《편지를 대신해Instead of a Letter》에서도 그를 폴이라 불렀으니 여기서도 그 이름을 쓰겠다), 그는 옥스퍼드 대학에 다니던 어느 해 방학에 돈을 좀 벌기 위해 내 남동생의 시험 준비를 도와주러 온 남자였다. 그는 실제 인물이라 내 공상은 몰아냈지만 로맨스는 몰아내지 못했다. 나는 사랑에 빠졌다. 그리고 사랑은 곧 결혼이며 사랑하는 사람과 결혼하면 남은 평생 그에게 충실할 거라 확신했다. 가끔 하얀 웨딩드레스를 입고 아름다운 결혼식을 올리는 꿈을 잠깐씩 꿨지만 그 이상으로 내 낭만적인 사랑을 치장하지 못한 건, 내가 폴의 관심을 붙들 만큼 나이가 차서 약혼을 하고 나자 다들 우리가 얼마나 가난하게 살 것이며 또 좋은 아내가 되려면 배워야 할게 얼마나 많은지에 관해 계속 잔소리를 늘어놓았던 탓도 있다. 폴은 공군에 들어갔는데 여전히 연봉 400파운드의 소위에 불과했다. 그 정도면 '사람들'이 뭐라고 하건 우리끼리 충분히 잘 살아갈 수 있을 벌이였지만 그래도 그런 경고들을 들으면 정신이 번쩍 들었다. 물론 우리가 약혼을 발표하고 육 개월쯤 뒤에 일어났던 사건만큼은 아니었지만.

폴과 나는 그의 여동생과 함께 평판이 좀 안 좋은 그의 친구들이 모이는 파티에 갔다. 그가 어디서 그런 친구들을 사귀게 됐는지는 몰라도 여태 만났던 사람들보다 술을 많이 마시고 입들도 험해서 나는 처음부터 그들이 불편했다. 그런데 그들 중 하나가 데려온 엄청나게 섹시한 아가씨가 폴을 보자마자 작정하고 들이댔다. 그런데 그걸 폴이 받아주는 것을 보고 나는 경악했다. 바늘방석에 앉은 듯한 한두 시간이 지난 후 폴은 당혹스러워하는 여동생에게 나를 집에 바래다주는 일을 떠넘겼다. 나는 폴이 결국 그 밤을 그 여자와 침대에서 보냈을 거라고 확신했다. 그리고 두 주 동안 그에게서는 소식 한 자 없었다. 나는 있는 대로 자존심이 상해서 편지를 쓸 수도 정신을 차릴 수도 없었다. 그런데 자주 그랬듯 그랜섬에 있는 그가 옥스퍼드에서 나와 함께 주말을 보내기 위해 비행기로 오겠다고 알려왔다. 나는 마음이 놓이는 게 아니라 오히려 더 불안했다.

토요일 밤에 우리는 과음을 했고 폴은 무너지듯 주저앉아 거의 울먹이며 사과를 늘어놓았다. 자신이 끔찍한 행동을 했다고, 참을 수 없을 만큼 부끄럽다고, 그 일은 아무 의미도 없다는 걸 꼭 믿어달라고, 그 여자는 끔찍이도 지루했다고(그걸 말이라고! 그 여자가 안 지루했으면?). 그러면서 두 번 다시 그런 일은 없을 거라는 둥, 진심으로 사랑하는 여자는 언제나 나일 거라는 둥 둘러댔다. 그동안의 침묵보다는 나았지만 좋을 것도 없었다.

다음 날 아침 우리는 택시를 타고 애플턴에 있는 '우리' 술집으로 가는 길에, 겨울바람이 몹시 차가운 날씨인데도 두통을 떨치려고 택시에서 내려 삼십 분 정도 걸었다. 폴은 마음이 좀 놓이는지 질퍽거리는 좁은 길 양편에 펼쳐진 들판을 훑으며 개똥지빠귀를 찾았지만, 나는 침울한 마음에 말없이 걸으며 그가 했던 말들을 곱씹었다. 그 일이 아무런 의미도 없다고? 그래, 그건 받아들일 수 있었다. 하지만 다시는 그런 일이 없을 거라는 말은? 그건 믿을 수가 없었다. 그가 바로 내 눈앞에서 그런 짓을 한 것에 대해, 그리하여 내 감정에는 정말 손톱만큼도 관심이 없음을 보여준 것에 대해 내가 제대로 충격을 받았는지 어땠는지는 기억나지 않는다. 자만심을 심각한 죄로 여기는 가정에서 깐깐하게 키워진 나는 나자신의 중요성에 대해 겸손한 생각을 갖고 있었다. 그래서 나는 그런 상황에서도 신경 쓸 필요가 없는 존재였던 나 자신을 오히려 탓했다. 그 사실이 점점 더 나를 괴롭혔다는 걸 이제는 잘 알지만, 그때는 의식적으로라도 그런 생각을 하지 않으려 했다. 당시 내가 고민했던 건 무책임하고 제멋대로인 폴을 어떻게 다뤄야 하나 하는 것이었다. 일단 결혼하면 정말 똑똑해지는 법을 배워야겠다고 생각했던 기억이 난다. '한참 동안은 괜찮을 거야. 우리가 지금과 같을 동안은 계속 내게로 돌아올 거야. 하지만 내가 나이 들면? 서른이 되면?' 희끗거리는 머리칼에 걱정스러운 표정을 한 나 자신의 주름진 얼굴이 획 지나갔다. '그때는 위험해질 거야. 그는 그런 여자들 중 하나와 사랑에 빠지겠지.' 내가 **충분히 똑똑해지는 법**을 배우게 될까? 그래야만 할 거야. 그날 나는 온종일 침울했는데, 어쩌면 그와 결혼하고 싶은 게 아닌지도 모른다는 생각이 든 순간만큼은 아니었다. 우리 관계는 이내 평소의 유쾌한 상태로 돌아갔다.

어른이 된 뒤로 나는 남자란 자고로 여자에게 충실하기 힘들게 생겨먹었다는 사실을 늘 의식하고 살았던 듯싶다. 여자도 사랑 없는 섹스에 행복을 느낄 수 있다는 건 폴이 마침내 나를 버린 후에야 알게 됐지만. 나는 그 뒤로 두 번이나 사랑에 깊이 빠짐으로써 폴이 준 상처에서 '회복'됐지만, 두 번 다 '운명적'이라고, 그러니까 도저히 피할 수 없는 그런 것, 어쨌거나 열렬히 원하지만 결국에는 고통을 낳는 그런 사랑이라고 느꼈다. 첫 번째 상대는 나보다 나이가 훨씬 많은 유부남이었는데, 그가 나 때문에 아내를 떠나리라는 생각은 결코 한 적이 없었다. 만일 그가 그런 얘기를 꺼냈다면 나도 분명 받아들였겠지만 그런 걸 바라기엔 나는 그를 너무 존경했다.

나는 그가 전시戰時에 저지른 어리석은 불장난의 상대였지만 (거기에는 삶의 정수精髓인, 욕망을 더 불타오르게 하는 죽음의 조짐 같은 건 감돌지 않았다. 그가 깜짝 놀라며 "이런 감정은 졸업한 줄 알았어, 다시 느낄 줄은 몰랐어"라고 속삭이던 게 생각난다), 그의 아내는 이제 막 첫아이의 엄마가 된 나무랄 데 없이 좋은 여자였다. 그런 아내를 떠난다면 그는 잔인하고 무책임한 남자일 텐데, 그가 그런 사람이 아니라는 걸 나는 잘 알고 있었다. 그런 사람이었다면 그토록 사랑하지도 않았을 것이다.

폴과 유부남 다음으로 만난 사랑은 싱글인데다 신랑감으로도 나무랄 데 없었는데, 바로 그렇기 때문에 도무지 현실 같지 않은 남자였다. 그는 나를 많이 좋아했다. 한동안 그는 나와 사랑에 빠졌다고 생각할 뻔하기도 했지만 그런 적은 없었고, 나는 거의 처음부터 우리 사이가 눈물로 끝나리란 걸 예감했고 그래서 더욱더 깊이 빠져들었다. 그리고 진짜로 우리 사이는 눈물로 끝났다. 함께했던 마지막 날 저녁에 우리는 둘 다 울면서 위그모어 거리를 오르내렸다. 상황을 받아들이고 내가 헛된 희망을 품지 않게 해준 그의 용기 때문에(사실 그렇게 하자면 큰 용기가 필요하니 고마워할 일이다. 실연의 아픔은 서서히 목이 졸리기보다는 결정적인 한 방을 맞을 때 훨씬 치유가 빠르니까. 내 말을 믿기를. 두 경우를 모두 경험한 사람으로서 하는 말이다) 나는 그를 더욱더 사랑했고, 자학에 가까운 포기를 했다.

그것으로 낭만적인 사랑은 끝이었다. 마흔넷에 배리 레코드를 만날 때까지 때로는 매우 짧고 때로는 긴 연애가 이어졌다. 그 관계들은 늘 우호적이었고(두 번은 정말 그랬다) 삶의 활력소가 되었지만(소소한 관계 중 두 경우에는 그런 기분을 못 느꼈지만) 어떤 연애도 상처를 입을 만큼 진지하진 않았다. 그런 연애를 하다가 상대가 결혼을 원한 건 세 번이었는데, 그때마다 나는 그루초 막스Groucho Marx*가 흔쾌히 자신을 받아들이겠다는 클럽에 대해 느꼈을 법한 그런 감정을 느꼈다. 모멸감 말이다. 나는 그 감정이 좀 더 이성적인 거라고 믿으려 했지만, 그건 아니었다. 몇 건의 고통 없는 연애 사건은 다른 여자들의 남편들과 관련된 것이었지만 나는 죄책감을 느끼지 않았다. 누군가의 결혼 생활을 망치려는 의도나 희망 같은 건 전혀 없었기 때문이다. 만일 누군가의 아내가 알았더라면—내가 아는 한 그런 일은 없었다—그건 그쪽 남편의

---

* 미국의 희극배우이자 영화배우(1890~1977). 형제들과 '막스 브라더스'라는 이름으로 15편의 영화를 찍으며 유명해졌고, 나중에는 혼자서 TV쇼 등을 진행하며 인기를 끌었다.

부주의 탓이지 내 탓은 아니었다.

　나는 충실함이니 충성이니 신의니 하는 미덕을 좋아하지 않는다. 어쩌면 안드레 도이치가 하도 그 말을 남용한 탓인지도 모르겠다. 그는 우리 출판사를 떠나는 작가들을 '신의가 없다'며 비난하곤 했다. 작가가 자신의 작품을 출판해 돈을 벌 수 있을 거라 여기는 회사에 신의를 지켜야 할 이유는 당연히 없다. 회사가 일을 잘해주면 감사와 애착 정도야 가질 수 있겠지만 그렇다고 충성의 유대가 형성되는 건 아니다. 그런 유대가 존재한다면—예를 들면 가족이나 정당에 대한 신의가 그렇다—상대가 배신하는데도 그 유대를 깨지 않는 건 어리석은 일이다. 만일 형제가 살인자라는 게 밝혀졌거나 지지하는 정당이 정책을 바꿨을 경우, 그래도 시종일관 그 편을 든다면 내가 볼 때 그건 아무 생각이 없는 짓이다. 공짜로 얻은 충성은 봉건제도 하에서 두목 노릇을 하던 사람들이나 좋으라고 생긴 허세 가득한 개념이다. 배우자와 관련해서 중요한 것은 친절과 배려이지 신의나 충실은 아닌 것 같다. 정절을 안 지킨다고 친절과 배려마저 사라지는 건 아니다.

　자신이 한 말을 지킨다는 의미의 충실함은 존중하지만, 그것을 섹스에 대한 생각과 단단히 결부하는 건 내가 보기에 짜증나는 일이다. 아내는 반드시 남편에게 충실할 의무가 있다는 믿음의 기저에는 이리저리 얽히고설킨 깊은 뿌리가 있다. 아내의 아이가 자신의 아이인지 알아야 할 남성의 필요성뿐 아니라 그보다 더 깊고 더 사악한 생각, 즉 여자는 남자의 소유라는, 신은 여자를 남자의 편의를 위해 만들었다는 생각이 바로 그 뿌리이다. 이런 생각은 과연 근절될까? 상상하기 힘들다. 그런 생각이 맹위를 떨치는 이슬람 문화권을 보라! 그리고 남편의 정절을 놓고 여자들이 불안해서 법석을 떠는 것 역시 그 뿌리는 동일하다. 아내는 남편의 정절을 자신의 가치를 증명하는 데 없어서는 안 될 증거로 간주한다. 그 사실이라면 익히 알고 있다. 폴이 다른 여자와 결혼하겠다고 나를 찾을 때 내 자존심은 너무 큰 상처를 입었으니까. 하지만 이해하는 것이 곧 용인하는 것은 아니다. 남자와 여자 사이의 본능적이고 원초적인 욕구를 감안한다면, 욕구의 이런 신뢰할 수 없는 특수한 측면을 그다지도 중시해야 하는 걸까?

아이작 바셰비스 싱어Isaac Bashevis Singer의 단편소설 〈문구멍 The Peephole in the Gate〉이 생각난다. 한 젊은이가 결혼 전날 밤 연인의 집을 찾아갔다가 약혼녀를 한 번 더 보고 싶은 유혹을 뿌리치지 못하고 문구멍을 들여다보다 약혼녀가 누가 봐도 열렬한 몸짓으로 문지기의 키스를 받는 광경을 목격하게 되는 이야기다. 그 일로 약혼은 끝이다. 화자는 젊은이 역시 음

흉하게도 그날 오후 하녀와 놀아났음을 상기시키지만 말이다. 그리고 이어서 부정이 드러나지 않았다면 두 사람의 인생이 얼마나 더 평이하고 행복했을지를 시사한다. 이는 현명하고 노련한 싱어가 늘 독자의 손에 도덕적 판결을 맡기는 특유의 트릭을 쓰면서 반복적으로 다루는 주제다. 싱어가 자신의 종교적 배경에 깊은 애착을 가졌음을 고려하건대 내가 내놓는 판단에 동의해줄까 싶지만, 어쨌거나 판단을 내려보라고 하니까. 맞다, 모르고 있으면 해로울 게 전혀 없는 일들이 있다. 성적 부정도 그중 하나다. 이 경우는 알고 인정해도 아무 문제가 없다. 더 좋은 건 개개인과 그 상황에 맡기는 것이고. 내가 나 자신에게 물어봐야 하는 것은 이 질문뿐이다. 부정한 아내를 죽이지 않으면 온 가족의 명예가 더러워진다는 극단적인 생각과, 성적 부정이라는 게 아무리 봐도 칭찬할 만한 행동은 아니라도 적절히 처신한다면 전적으로 받아들일 수 있다는, 프랑스인들에게서 흔히 볼 수 있는 사고방식 중 선택을 해야 한다면 어느 쪽을 택할 것인가? 프랑스 만세다!

나와 배리는 이런 태도를 공유했고, 지금도 그렇다. 마침내 실연의 상처에서 벗어나(나중에 얘기하겠지만, '그 상처들을 글로 씀으로써') 나는 배리와 사랑과 우정을 나누는 굉장히 행복한 관계에 안착했다. 그 관계는 팔 년 가까이 최상의 상태를 유지하다가, 정서적으로 복잡한 문제가 생겨서가 아니라 세월 탓에 변하게 됐다. 그런 일은 갑작스레 일어난 게 아니라 중년 중후반에 시작됐다. 그러다 잠깐 유예기가 와서 그 심각성을 무시했는데, 결국 사랑하지만 늘 습관적으로 함께 있는 사람과 사랑을 나누는 일에 관심이, 그러니까 육체적 반응이 점점 줄고 있다는 사실을 의식하게 되었다. 너무 친숙한 나머지 그의 손길이 내 손길 같아 더이상 흥분이 되지 않았던 것이다. 지금에 와서야 왜 그 문제를 가지고 배리와 얘기를 나눠보지 않았을까 싶지만, 그렇게 하지 않은 걸 어쩌겠는가. 처음에는 그냥 아닌 척했다. 아마 결혼 상담사라면 문제를 함께 '해결'해보라고 했겠지만 나는 그런 식으로 해결할 문제가 아니라고 생각했다. 그러는 건 따분하고 우스꽝스러울 것 같았다. 늘 자연스럽게 이뤄졌던 일이 이제 안 된다면 음, 처음에는 그런 척하다 보면 원래대로 잘될 때도 있었으니 그렇게 되겠거니 하는 거다. 그런데 더는 그렇게 되지 않는다면 그땐 끝났음을 인정하는 것이다.

그 사실을 인정하는 건 슬펐다. 사실 나는 어쩔 수 없이 인정해야 했다. 엄청나게 섹시한 이십대 중반의 금발 아가씨가 우리 집에 쳐들어왔고 배리가 결국 그녀와 잠자리를 함께 했으니. 너무 슬퍼서 잠 못 이룬 밤이 있긴 했지만 단 하룻

밤이었다. 그 고통스럽던 밤에 내가 슬퍼한 건 과거에도 그랬고 지금도 변함없이 사랑하는 내 오랜 친구를 잃어서가 아니라 나의 젊음이 사라졌다는 사실 때문이었다. '염병할, 그녀에게는 있지만 나한테는 더 이상 없고 앞으로도 다시는 갖지 못할' 젊음의 상실이 슬펐던 것이다. 나는 무시무시한 위기감 속에서 때늦게 인정할 수밖에 없었다. 그러나 이내 머릿속에서 또다른 목소리가 들려왔다. 그 목소리는 훨씬 현명했다. '이봐, 네가 그와의 잠자리를 더 이상 원치 않는다는 거야 너도 잘 알고 있었잖아. 시들해진 지 몇 달이나 됐으면서 뭘 슬퍼하는 거야? 물론 네 젊음은 지나갔어. 이젠 젊음이 원하는 걸 더 이상 원치 않잖아.' 그리고 그렇게 그 단계는 끝났다.

그 뒤로 곧 유예기가 찾아왔고, 나는 새로운 사람이 성욕을 되살려줄 수 있다는 흥미롭고도 유쾌한 사실을 발견하게 되었다. 《편지를 대신해》에서 오래 지속됐던 첫 실연의 현실적인 고통을 겪은 후 펠릭스라는 남자와 사귀게 되면서 내가 어떻게 생기를 되찾게 됐는지 묘사했는데, 그건 사랑이 아니라 철저히 즐기는 관계였다. 그런데 육십대를 앞두고 그런 일이 또 생기면서 나의 성생활은 칠 년이 더 연장되었고, 배리도 자기 길을 가면서 우리 사이는 연인보다는 오누이 같아졌다. 그 두 번째 남자는 나와 공통점은 거의 없었지만 내 기억속 한 자리를 차지하고 있으며, 그를 떠올리면 고마워서 마음이 따뜻해진다. 그 사람 이후로는 더 이상 유예기가 없었고 나 또한 더 이상 원하지 않았다.

나의 남자들 II

성적인 존재로서의 내 인생의 마지막 남자는 내가 중년과 노년의 경계를 넘을 때 동행해준 샘이다. 그는 카리브 해의 그레나다 출신이었는데, 참전 자원병으로 영국에 온 건지 아니면 영국에 도착했는데 때마침 전쟁이 발발한 건지는 모르겠지만, 아무튼 영국 공군 기지방어부대RAF Regiment에 들어가 사무원으로 복무했다. 그리고 근무 시간이 아닌 자유 시간에는 조지 패드모어George Padmore*와 당시 영국에서 흑인 권리 확립을 위해 힘쓰던 흑인 지도자들과 사귀었다. 샘은 이 시기에 방송계에서 상당한 경험을 쌓았는데 이것이 훗날 큰 도움이

---

* 언론인, 작가, 범아프리카주의자(1903~1959).

됐다. 그가 가나로 옮겨 갔을 때 곧바로 콰메 은크루마Kwame Nkrumah*의 관심을 얻어 은크루마 정부의 홍보 업무를 맡게 된 것이다. 그리하여 그는 장관은 아니었지만 사실상 은크루마 정부의 일원이 되어, 그의 구세주를 실각시킨 쿠데타로 인해 아프리카에서의 전성기가 끝날 때까지 은크루마의 심복이자 친구로 지냈다. 샘은 아크라(가나의 수도)에서 뇌물을 받지 않는 정직한 사람으로 알려져 투옥은 면했지만 옷가지만 챙겨 나흘 안으로 가나를 떠나야 했다. 내가 그를 만났을 때 전성기의 흔적이라곤 칼라가 검은담비 털로 된 멋진 낙타털 코트와 하일레 셀라시에Haile Selassie**한테 하사받은 줄이 멋진 금시계뿐이었다.

인상적인 용모에 키가 훤칠하고 유쾌한 매너를 지녔던 샘은 느긋하지만 합리적인데다 확실히 분별력이 있고 점잖은 사람이라, 영국에 오고 얼마 지나지 않아 영국 정부 기관의 인종 관련 부서에 아무 문제 없이 자리를 얻었다. 우리가 이런저런 수완 좋고 나이든 아프리카인들이 여럿 참석한 파티에서 만났을 때 샘은 이제 막 자리를 잡아가는 중이었다. 안

---

* 가나공화국 초대 대통령(1909~1972).
** 에티오피아 황제(1891~1975). 이탈리아의 에티오피아 점령기에 영국으로 망명했다.

드레도이치 출판사의 내 동업자가 1960년대에 나이지리아에서 출판사를 시작한데다 우리의 작가 목록에 아프리카 작가들도 몇 명 올라와 있었기에, 신생 독립국들과 인종 교류는 당시 내가 발 딛고 있던 지형의 일부였다.

게다가 배리와 팔 년 가까이 친밀하고 행복한 관계를 유지하고 있던 터라 나는 백인보다 흑인하고 있을 때 더 마음이 편했다. 자메이카에서 학교를 다닐 때도 영국인 교사들한테 배웠고 케임브리지에서도 영국인 교수들 밑에서 공부한 배리는 자메이카 친구들이 자신을 "땅딸막한 갈색 영국인"으로 본다는 얘기를 가끔 했는데, 몇몇 친구들이 그렇게 봤을 수는 있지만 배리 또한 나름대로 백인들에게 모욕을 당했던 흑인이다. 그리고 인간이란 자신과 닮은 이에게 동질감을 느끼지, 자신을 모욕하는 사람들을 닮은 이에게 동질감을 느끼지 못하는 법이다.

처음으로 흑인과 한 방에 있어본 건 1936년 옥스퍼드 대학 첫 학기의 어느 파티에서였다. 그는 아프리카인 대학원생이었다. 다들 한창 춤을 추고 있었는데, 그가 내게 춤을 청하지 않는 게 얼마나 마음이 놓였는지 모른다. 만일 그가 춤을 추자고 했다면 나는 분명 응했을 테고 그랬다면 얼마나 끔찍했을까 싶었지만, 왜 내가 그렇게 느끼는지는 전혀 알지 못했다. 그냥 우리 부모님이 그렇게 생각했을 것 같았고 그러니 나 또한 그랬을 것 같았다. 하지만 일주일 뒤에 "흑인이 내 몸에 손을 댄다면 구역질 날 거야"라는 친구의 말에 충격을 받았다는 얘기를 할 수 있으니 다행스러운 일이다. 그때껏 그 문제에 관해 생각해본 기억은 없지만, 어쨌거나 나는 그 남자와 춤을 춘다는 생각에 나 자신이 보인 반응이 역겨운 것이라는 시각 쪽으로 작게나마 첫걸음을 떼었던 것이다.

그 후로 서서히 그 문제에 관해 충분히 생각했고 제대로 이해했던 게 틀림없다. 그로부터 몇 년 뒤 흑인과 접촉했을 때는 한 개인으로 볼 수 있었으니까. 흑인의 키스를 처음 받았을 때는―다음 술집으로 옮겨 가는 길에 택시에서 내리다가 친근감의 표시로 볼에 살짝 한 키스였다―중요한 일로 기록해두었는데, 그 키스가 적절하고 기분 좋았던 다른 이들의 키스와 다를 바 없었기 때문이다. 나 자신에게 여전히 인종차별의 감정이 없는 게 좋았다. 하지만 배리를 만나기 전까지는 흑인들과 많이 만나고 몇 사람과는 함께 일도 했지만 사랑을 나눠본 경험은 없었다. 그런데 파티에서 배리를 봤을 때는 단번에 눈이 맞아 함께 침대로 직행했고, 그게 특별한 사건처럼 여겨지지 않았다. 앞서 있었던 그런 식의 만남보다 훨씬 재미있었다는 점만 빼고. 이번에는 우리 둘 다 서로를 너무 좋아했기 때문이다. 배리와 함께 살면서 그제야 내가 백인보다 흑인을 더 좋아할 거라는 생각이 들었다. 물론 예상과 달리 흑인을 싫어하거나 백인을 좋아할 수도 있었겠지만, 그때부터 내게 흑인 취향, 혹은 비영국인 취향이 생긴 것이었다.

그래서 샘과 처음 만났을 때 그가 정중한 태도로 덤비자 기분이 좋았다. 성생활은 이제 끝났다고 결론을 내린 직후에 그렇게 유쾌하고 섹시한 남자가 나를 매력적인 여자로 봐주는 게 재미있기도 하고 다시 태어난 것 같기도 했다. 샘이 퍼트니 브리지 근방의 아파트로 옮기면서 그 뒤로 칠 년간 일주일에 한 번씩 나는 그곳에서 샘과 함께 밤을 보냈다.

우리는 즐겁게 간단한 저녁을 만들어 먹은 다음 침대로 가는 것 말고는 둘이서 한 일이 거의 없었다. 우리 사이에는 섹스를 좋아하는 것 빼고 공통점이랄 게 없었던 것이다. 샘은 더 적절한 예의를 따지는 감각은 구식이었지만 머릿속에서 섹스를 죄책감과 연결 짓는 일은 없었다. 그의 침대에는 늘 장미십자회*와 크리스천 사이언스**와 관련된 소책자들과

---

* 1484년 가공의 시조 크리스티안 로젠크로이츠Rosenkreuz가 창설한 연금술 비밀 단체.
** 기독교 교파의 하나. 물질세계는 실재가 아니며 병도 기도만으로 치유할 수 있다고 믿는다.

찰스 디킨스의 《피크위크 클럽의 기록The Pickwick Papers》과 W. S.
길버트의 《밥 발라드The Bab Ballads》 같은 책들이 나뒹굴었는데,
《카마수트라》 역시 그것들 사이에 끼어 있었다. 또 우리는 둘
다 발이 아팠는데 그건 우리 둘 다 섹스를 좋아한다는 사실
만큼이나 중요했다. 나이를 실감하기 시작할 때 몸 상태가 같
은 사람이 있으면 위로가 되니까. 서로가 같은 문제를 갖고
있다는 걸 알지만 그걸 굳이 계속 얘기할 필요는 없다. 그래
서 우리는 우리의 아픈 발에 대해 얘기한 적이 없다. 그저 기
회만 되면 얼른 신발을 벗어 던져버렸을 뿐이다.

좀 더 진지하게 얘기하자면, 우리의 진짜 중요한 공통점은
우리 둘 다 사랑에 빠지고 싶다거나 누군가의 마음의 평화를
책임지고 싶다는 생각이 없었다는 것이다. 심지어 우리는 자
주 만날 필요도 없었다. 그게 서로에게 문제가 되지 않는다는
걸 우리는 잘 알고 있었다.

그럼 우리는 서로에게 무엇을 주었던가?

나는 그를 기쁘게 하는 섹스를 주었다. 맨 처음에 샘이 내
게 매력을 느낀 건 내가 백인에다 좋은 집안 출신이었기 때문
이다. 그게 가장 오래 지속된 내 매력은 아니었지만 말이다.
그렇다고 샘이 흑인 여자를 싫어한 건 아니었다(그의 아내만
은 예외였는데, 그는 아내를 어머니가 지금 어떤 실수를 하는지

파악할 지각도 갖추지 못한 자신에게 떠안긴 짐이라 여겼다). 하지만 1930년대 말 영국에 건너온 후 그에게 중요했던 여인들은 다 백인이었다. 샘은 어머니가 학교에서 열심히 공부하라고 강력히 권한 이후로 성공가도를 달려왔는데, 세상에, 당시 샘과 같은 환경에서 자란 흑인들은 출세하면 당연히 백인 여자가 어울릴 거라 생각했을 거란다. 그래서 나이가 들었거나 별로 매력이 없거나, 아니면 그 둘 다에 해당하는 백인 여자들은 백인 남자들한테는 아니어도 흑인 남자들한테는 어필했는데, 나야 그 사실이 고마울 수밖에 없는 입장이었지만 비참한 사실이었던 건 분명하다. 샘은 저속한 사람이 아니라서 자기 여자를 과시하고 싶어 하지는 않았지만 보여줄 만한 여자라는 데 은근히 만족해했다. 게다가 사귀고 보니 내가 육체적으로도 잘 맞았고 또 친구로도 좋았다. 그러니까 나는 샘에게 사회적 신분의 상징으로서 만족스럽고, 친구가 필요할 때 유쾌한 친구가 돼주며, 또 그가 좋아하는 방식으로 기꺼이 그를 즐겁게 해주는 존재였던 것이다. 샘은 분명 더 이상 바랄 게 없다고 느꼈다.

내가 샘에게 끌렸던 주된 이유는 그가 나를 원했기 때문이다. 이제는 누가 나를 간절히 원하는 일은 더 이상 없을 거라 생각했는데 그런 일이 생기니 기운이 나면서 다시 생기가 돌았다. 그건 결코 작은 선물이 아니었다. 또 호기심도 동했다. 배경과 살아온 인생이 나와는 딴판인 그는 따분하게 굴 때조차 흥미로웠다. 중산층 출신의 영국 남자라면 그에 대해 아는 게 너무 많아 지루했을 것이다. 샘은 알고 싶은 남자였고 또 그에 대해 알아낸 사실들이 내 마음에 쏙 들었다. '정말 멍청한 늙은이야!'라는 생각이 들 때조차 그가 좋았는데, 가장 좋았던 건 그에게서 소년 시절의 모습을 엿볼 때였다.

샘한테는 안정되고 행복한 유년 시절에서 우러나온 전반적인 관대함과 차분한 자신감이 있었다. 자식을 지나치게 사랑하는 중산층 엄마는 자식을 망치기 일쑤지만 농사꾼 가정의 엄마는 자식을 성공으로 이끌기 쉽다. 할 수 있는 한 자식만큼은 자신처럼 힘든 인생을 살지 않게 해야 하니까. 그 과정에서 자식을 잃는 한이 있더라도 말이다. 샘의 아버지에게는 손바닥만 한 땅이 있어 가족들이 그 땅에 기대어 먹고살았지만(이 역시 샘의 자신감의 원천이었는데, 아무리 작은 땅뙈기라도 자기 땅에서 자라면 안정감이 생긴다) 한 가족을 부양하기에는 보잘것없는 재산이라 샘은 트리니다드 섬에 이어 베네수엘라에서도 일자리를 찾아야 했다. 가정을 꾸려간 건 어머니였는데, 어머니는 두 딸보다는 확실히 아들을 우선시했다(배리의 어머니도 그랬는데 배리의 누이는 결코 어머니를 용서하지 않았단다).

"우린 몰랐는데 당시 우리가 먹었던 것들이 바로 요즘 최고 건강식으로 치는 그런 음식들이었어요. 고기, 과일, 야채 같은 건 절대 부족하지 않았지." 샘이 내게 말했다. 그들은 바다를 지척에 두고 살아서 일반적인 서인도제도 사람들과 달리 뿌리채소에 지나치게 의존하는 생활을 하지 않아도 됐다. "그리고 무엇보다 공기가 좋고 운동을 많이 했어요. 하루에 왕복 8킬로미터씩 달려서 학교에 다녀오는 것도 아무렇지 않게 여겼으니까. 우리 남자애들 사이에는 장거리달리기가 대유행이어서 어디든 달려갔어요." 또 말도 탔다고 했다. 대다수 사람들이 말을 키웠는데(그랬다니 놀라웠다), 남자아이가 급히 어딜 가고 싶으면 허락받을 필요도 없이 이웃의 안장 없는 말에 뛰어올라 타고 가면 됐단다. 또 달리기만큼 수영도 많이 했다는데, 어릴 때 해안에서 3킬로미터 이상 떨어진 작은 섬까지 헤엄쳐 가곤 했다면서, 당시 그걸 보고도 누구 하나 야단법석을 떨지 않았던 걸 떠올리며 새삼 놀라워했다. 건강한 음식을 배불리 먹고 다정한 엄마의 비법이 담긴 약초 물로 목욕을 했던 샘은 키가 훤칠한 미남에다 차분하면서 동네 아이들과의 놀이에도 능한, 그야말로 골목대장이었다. 행복했던 그 시절을 회상할 때면 육두구 향내가 실린 그 정겨운 바닷바람이 방 안으로 훅 불어오는 듯했다.

샘의 어머니는 샘을 잃었다. 당연지사였다. 그의 아내가 어머니의 대실수였던 것이다. 샘은 아내에게서 두 아이를 얻고는 더 이상 견딜 수 없어 영국으로 떠났다. 어머니는 아들을 다시 보지 못했다. 그녀는 샘의 이름을 부르다 임종했고 그 사실을 사람들이 샘에게 편지로 알려주었다. 샘은 엄숙하게 이야기했지만 평온해 보였다. 그건 어머니의 운명이니 슬프지만 어쩔 수 없다는 투였다.

샘은 스스로 가족을 떠난 것이기 때문에 자신을 나쁜 아들, 나쁜 남편, 나쁜 아버지라고 생각하지 않았다. 그는 꾸준히 연락하고 지내며 자식들이 교육을 받을 수 있도록 돈을 보냈다. 마땅히 할 일을 한 것이다. 그의 아들은 의사가 되어 미국으로 건너갔는데 가끔 서로 만났다. 딸은 용서를 모르는 '어리석은 아이'였다. 그리고 아내는… 그레나다를 떠난 지 서른다섯 해 만에 수상의 초청을 받아 삼 주간 그레나다를 방문했을 때 샘은 아내에게 귀국 사실을 알리지 않았지만 첫 주가 지나 한번 들러볼 생각에 기별도 않고 그녀를 찾아갔다. "그래서 어떻게 됐어요?" 내가 물었다. 그는 고개를 젓고 혀를 차더니 느리고 못마땅한 투로 말했다. "정말 고약한 여자예요." 그 말에 내가 어찌나 웃었던지 샘의 기분이 상하는 바람에 더 자세한 이야기는 듣지 못했다. 정말 재밌는 얘기를 해 줄 수 있는데 안 한 게 아니라, 그가 '어리석은' 딸과 '고약한' 아내라고 비난했던 이들의 삶에 대해 정말로 아는 게 아무것도 없었던 것이다. 그건 서인도제도의 수많은 남편들과 '아이 아버지들'이 공유한 편리한 무지였다. 남겨진 그곳 여성들 대다수는 그걸 차분히 받아들이긴 했지만.

우리 관계는 점점 뜸해지다가 완만하게 끝이 났다. 어느 때보다 한참 만에(만난 지 너무 오래되어 저번이 마지막이었나 보다고 생각하면서도 별 아쉬움이 없었는데) 다시 만났을 때가 우리의 마지막 만남이었다. 그날 샘은 평소보다 더 느리고 멍하고 피곤해 보였지만 아픈 건 아니었다. 우리 관계가 끝났다는 데 이미 동의했으면서도 샘은 "침대로 갈까요?"라고 했는데, 내가 아니라고 하자 안도하는 기색이 역력했다. "마음은 그러고 싶지만 몸이 따라주지 않는 게 문제"라고 나는 말했다. 샘은 '나도 그렇다'고 하지는 않았지만(그런 말까지 하고 싶지는 않았을 것이다) "알아요, 몸이 따라주지 않으면 어쩔 수 없죠"라고 했다. 그 뒤로 샘의 소식을 들은 건 그리 오래지 않아서였다. 그가 심장마비로 돌연사했다는 소식이었다.

누군가를 여러 달 만나지 않았거나 보고 싶지도 않았다면, 그리고 비교적 인생의 작은 부분만 접촉한 사이라면 사무치게 그리울 것도 없는 법이다. 하지만 세상을 떠난 뒤 샘은 나에게 좀 더 중요했던 많은 고인들보다 내 마음속에서 더욱 생생해졌다. 사진을 보듯 그가 선명하게 떠올랐고 지금도 그것은 가능하다. 그의 몸짓, 표정, 걷고 앉는 방식, 그가 입었던 옷들이 다 생생하다. 그와 함께했던 칠 년이 마치 눈앞에서 다큐멘터리 영화를 보듯 머릿속에서 펼쳐졌다. 우리가 했던 모든 말들, 우리가 했던 모든 일들이. 아마도 우리 만남의 패턴이 너무 반복적이었기에 샘에 관한 모든 것이 절로 외워진 듯싶다. 특히 샘의 느낌이 생각난다. 그의 피부는 늘 차갑고 건조해 보여도 매끄럽고 건강해서 닿으면 기분이 좋았다. 그의 체취도 건강하고 기분 좋았다. 사랑을 나눈 후 옆에 누워 있는 그가 느껴진다. 서로의 손을 잡고 팔과 다리를 다정하게 맞댄 채로 우리 둘 다 반듯이 누워 있다. 지금까지도 그의 육신이 너무 생생하게 보여서 마치 유령(사랑스러운 유령)을 보는 것만 같다.

샘은 영혼의 윤회를 믿고 싶어 했다. 윤회설을 믿지 않으면 어떤 사람은 행복한 인생을 살고 어떤 사람은 끔찍한 인생을 사는 것을 어떻게 설명할 수 있겠느냐며, 인간은 전생에 쌓아둔 대로 이생에서 받는 게 틀림없다고 했다. 그 말에 내가 그렇다면 그렇게 많은 흑인들은 전생에 매우 사악했다는 얘기인데 그건 좀 이상하지 않느냐고 했다. 샘은 언짢아하며 그런 지적을 받아들이지 않았는데, 개인적으로 윤회설이 그에게 희망을 주었던 모양이다. 어쨌거나 샘은 그때까지 아주 운이 좋았으니까. 죽기 전에 영혼을 좀 정화하면 좋은 곳으로 갈 만큼. 그래서 예순 살 이후로 독한 술과 육식을 끊었다는 얘기를 한 적도 있었다. 샘처럼 나도 그가 이 지구에 또다시 태어나길 바랄 수 있었으면 좋겠다. 다시 태어날 수 있다면 그가 원한 대로 신분이나 지위가 훨씬 높은 인생을 살게 될지 어떨지는 모르겠지만, 그가 떠난 이생보다 몇 배나 더 즐거운 인생일 건 분명하다. 이번 생이 다음 생을 대다수의 인생보다 훨씬 좋게 만들어줄 테니까. 그동안은 아마도 노년에 접어든 나에게 더 젊은 시절의 뭔가를 가져다준 은공으로 내 머릿속에서 살아 있을 것이다. 내겐 기쁜 일이다. 사랑하는 샘.

무신론이 준 선물

성욕이 감퇴하면서 나타난 중요한 현상은 다른 일들이 더 흥미로워졌다는 것이다. 성은 젊은 여성의 개성을 지워버린다. 젊은 남성들의 경우는 덜한데, 이는 남성보다 여성의 훨씬 더 많은 부분이 성에 이용되기 때문이다. 그동안 나는 이런 차이가 대부분 교육에서 비롯되는 것이라고 믿어보려 해봤지만 헛된 노력이었다. 교육은 그 차이를 강화할 뿐이고, 그것은 본질적으로 생물학적 기능의 문제다. 남성은 섹스를 한후에 등 돌리고 가버리지 못할 신체적 이유 같은 게 없다. 반면 여성은 자신이 행한 모든 섹스 행위가 평생 자신의 존재 방식을 바꿀지 모를 잠재성을 안고 있다. 남성은 그저 또다른 인간이 존재하는 데 시동을 걸 뿐이지만 여성은 자신의 몸으로 또 하나의 존재를 만들어 자기 안에 품고 좋든 싫든 그 존재와 유대를 맺어야 한다. 피임약 덕분에 여성이 이런 상황에서 해방되었다는 소리는 당치도 않다. 여성이 임신을 방지할 수는 있지만, 이는 신체의 자연스러운 과정을 혼란에 빠뜨리는 강력한 화학약품이 개입해야만 가능한 일이다. 아이를 낳도록 만들어진 몸을 가졌다는 건, 아무리 알약을 삼키는 게 쉽다 해도 여성이 자신의 몸이 명하는 정신적 양식에서 해방되려면 여러 세대가 지나야 할 거라는 얘기다. 또 그런 신체적 자유를 영원히 얻지 못할 수도 있다. 화학작용이 한 인간의 인격을 정확히 얼마만큼 결정하는지 현재로서는 평가할 수 없지만 분명 어느 정도는 좌우할 것이다. 이 모든 이유로 여성은 신체 활동이 왕성할 때는 대개 거기에 함몰되어 있다가, 대다수가 중년이 되어서야 자신의 육체와는 별개로 자신이 어떤 인간인지 발견하게 된다. 끝내 알아내지 못하는 여자들도 있다. 나는 결혼도 안 하고 아이도 낳지 않아 대다수 여성들보다 일찍 나 자신을 일별하기 시작했지만, 성욕이 서서히 사라지고 난 뒤에야 더 명료하게 나 자신을 바라보게 되었다. 일례로 그때가 되어서야 내 무신론도 훨씬 확고해졌다.

나는 오래전부터 내가 신을 믿지 않는다는 걸 알고 있었다. 그러다 1930년대 말, 옥스퍼드 대학 파티에서 던컨이라는 남자를 만나면서 그것은 명확해졌다. 우리는 친구가 되지 못했다. 학기 말이었고 그 학기가 던컨의 마지막 학기였으니까. 그날은 그의 학기말시험이 끝나는 날이었는데, 그는 이미 식민국Colonial Service*에 취직해 몇 주 안에 키프로스 섬으로 발령받을 예정이었다. 하지만 우리는 서로에게 끌려 파티에서 함께 나가 저녁을 먹고 강에 펀트**를 타러 갔다. 그리고 다음 날에도 다시 만나 그의 하숙집에서 함께 오후를 보냈다. 당시 나는 배신당한 사랑의 불행에 빠져 움츠러든 상태였다. 폴한테서 여러 달 소식이 없었던 것이다. 나는 다른 남자를 만나면 안 된다는 생각이 습관처럼 박혀 있어 내가 약혼했음을 던컨에게 알렸지만 우리가 계속 만났더라면 분명 구조되었을 것이다. 그는 내가 옥스퍼드에서 만나본 남자들 가운데 가장 유쾌하고 지적인 사람이었고, 우리가 함께 오후를 보내고 난 다음 날 아침에는 내게 꽃을 보내왔다. 꽃에는 '우린 다시 만날 거야'라고 쓰인 쪽지가 꽂혀 있었다. 하지만 그런 일은 결코 없었다. 나는 그에게서 편지 두 통을 받았는데, 두 번째 편지는 키프로스 섬에서 온 것이었다. 그 뒤 전쟁이 터졌고 나

---

* 영국의 해외 소유물을 관리하는 영국 정부 기관.

** 앞뒤가 납작하고 바닥이 편평한 사각형 배로, 삿대로 얕은 강바닥을 밀어 움직인다.

는 그를 잊었다. 그가 했던 말 한 가지만 빼고. 그 말은 아직까지도 간직하고 있다.

저녁을 먹으며 우리가 무엇을 믿느냐에 관해 얘기를 나눴던 모양이다. 그러고 나서 펀트 선착장으로 가려고 그 아름다운 여름 저녁 내내 풀밭을 걸을 때, 내가 그동안 믿으라고 배웠던 신은 믿을 수 없다 해도 제일원인* 같은 건 인정해야 하지 않겠느냐고 말했던 걸 보면 말이다. 그러자 던컨은 "왜?"라고 묻더니 "시작과 끝이란 우리 정신이 너무 원시적이라 다른 개념을 떠올리지 못해서 생각해낸 게 아닐까?"라고 말했다.

내가 뭐라고 대답했던가? 아찔하리만큼 기뻐서 그저 고개를 젖히고 별이 가득한 하늘을 올려다본 기억만 난다. 생전 처음 있는 그대로의 우주를 보는 것만 같았다. 나는 던컨의 말에 담긴 함의를 묻지도 따지지도 않고 주저 없이 진실로 받아들였다. 그리고 그의 그 말은 오랫동안 종교에 대한 내 사고의 범위가 되어주었다.

그러다 노년에 접어들 무렵, 존 업다이크John Updike** 덕분에

---

* 자신은 운동하지 않고 다른 것을 움직이는 궁극의 원인을 뜻하는 철학 용어. 만물의 창조자인 '신'을 이른다.

** 미국의 소설가, 시인(1932~2009). 퓰리처 상 수상 작가로, 미국 소시민의 삶을 섬세하고 재치 있는 필치로 그려냈다.

그 문제를 다시 생각하게 되었다. 그는 자신의 종교적 믿음을 분석하며(어디서 그랬는지는 기억나지 않는다) 이렇게 말했다. 아니, 썼다. "내가 무신론을 싫어하는 이유는 지식인의 입장에서 무신론이 극단적으로 재미없기 때문이다. 우주가 그냥 우연히 생겨났고 인간이란 죽으면 그걸로 끝이라는 말에 모호함, 창의성, (하버드적인 의미의) 인간애가 끼어들 여지가 어디 있는가?" 황당했다. 우주의 본성은 개개인의 이해력뿐 아니라 하나의 종으로서의 인간의 이해력을 훨씬 넘어서는 것이라고 믿는 게 지적으로 재미가 없을지도 모르겠다. 하지만 정서적으로나 시적으로는 동화 같은 이야기를 지어내는 데 창의성을 발휘하는 것보다 훨씬 흥미롭고 아름다워 보인다.

존 업다이크도 우리 행성이 우리가 지각할 수 있는 우주의 작은 부분 중에서도 하나의 점에 불과하며 역사가 미천한 이 행성에 호모사피엔스가 존재한 지도 정말 얼마 되지 않았다는 사실에 동의할 것이다. 또 우리는 이 우주의 90퍼센트가 무엇으로 구성되었는지(과학자들 자신이 알지 못하는 이것을 '암흑 물질'이라고 부르는 게 마음에 든다)에 대해 아는 바가 전혀 없다는 사실에도 동의할 것이다. 그러니 어떻게 그가, 아니 지적인 사람이라면 누구라도, 인간이란 자기가 생각한 뭔가가 전 우주와 연관된다고 가정할 때 스스로에게 터무니없이 관대하다는 사실에 동의하지 않겠는가(유일신을 믿는 사람들은 자기네가 믿는 신이 이 지구의 신이 아니라 우주의 신이라고 여기는 것 같은데)? 신앙이란 믿을 이유가 전혀 없는 것을 믿는 것처럼 행동하기로 작정하는 것이고, 그런 결정으로 믿음이 생겨나고 기분이 좋아지길 바라는 것이다. 내가 보기에 그건 어처구니없는 짓이다. 인간들이 자신의 이해력을 넘어서는 것과 관련해 신이니 창조니 영원이니 하는 개념을 들먹이는 게 참새들의 지저귐보다 더 의미 있는 건 아니라고 나는 전적으로 확신한다. 그리고 우주는 우리가 뭘 믿건 간에 지금처럼 존속할 것이고 늘 그래 왔듯 앞으로도 계속 우리 존재의 조건일 거라는 사실을 감안한다면, 그 안에 사는 우리의 보잘것없음을 사고하는 일이 왜 지루할까? 지루한 게 아니라면, 그렇다면 두려운 걸까?

인간이 달에 착륙한 것을 몹시 슬퍼했다는 사람들의 얘기를 들은 적이 있다. 원래는 은이나 자개로 되어 있던 달이 우주비행사의 발이 닿자 잿더미로 바뀌기라도 한 것처럼. 하지만 달은 은이나 자개로 만들어지진 않았어도 마치 그런 것처럼 여전히 빛난다. 우리가 달에 관해 아는 것이 많건 적건 간에 달은 변하지 않으며, 인간의 눈에 아름다워 보이는 태양빛을 계속 반사한다. 우리 영역 안의 삶이라는 부분, 인생이라는 그 단순한 실상은 그 자체로 충분히 신비롭고 흥미롭지 않은가? 또 삶의 잔혹함은 최소화하고 인생의 아름다움은 최대화할 수 있도록 노력하며 살아야 한다는 건, 신이 우리에게 부과한 의무가 아니더라도 충분히 긴급하고 필요한 일이 아닐까?

신앙을 가진 사람들은 자기들과 다른 신을 믿거나 어떤 신도 믿지 않는 사람들을 쓸어버리고 싶을 때, 자기들의 삶에 의미를 주는 신이 그 명분에 단골손님이 되어준다는 사실을 수시로 잊는 것 같다. 나 자신의 믿음은 아무것도 믿지 않는 것과는 좀 다르고(나는 우리가 이 우주의 일부, 그러니까 이 덧없는 행성에 사는 우리 인간이 존재하는 곳이라는 의미에서는 지극히 평범하지만 우리 이해력을 넘어선다는 의미에서는 무한히 신비로운 이 우주의 일부라고 믿는다), 다른 사람들을 학살하기 위해 누군가를 끌어 모으게 하는 일도 결코 없다. 그것은 흥미롭고 유쾌한, 무한한 가능성을 믿는 느낌이다. 딱히 위안은 안 되어도 사실이니까 받아들일 수 있는 그런 것이랄까. 그리고 이 믿음은 내가 이해할 수 있는 것의 가장 무서운 측면을 생각해야만 할 때도 변함이 없다. 결국 우리 인간도 공룡처럼 멸종하게 될 거라는 사실 말이다. 다만 공룡은 멸종하면서 우리들 인간의 운명에 상당히 기여했다는 점이 다르긴 하지만. 또 이 믿음은 나 자신의 소멸을 생각할 때도 달라지지 않는다.

한때 유난히 기분 좋게 잠자리에 들게 될 때면 잠을 청하기 위해 즐겨 떠올리는 이미지가 있었다. 어둠에 감싸이는 걸 온전히 느낄 수 있도록 의식을 모으고 일이 분간 기다렸다가 불을 끈 다음 팔과 다리를 쫙 펴고 엎드린다. 그리고 침대가 뗏목이 되어 나를 싣고 밤바다 위를 떠간다고 상상하는 것이다. 그렇게 하면 호사를 누리는 기분인데, 거의 감지할 수 없는 한 가닥 위험 요소가 있어 더욱 생생하고 흥미로웠다.

언젠가 안드레도이치 출판사에서 커피테이블 북*으로 침대에 관한 책을 낸 적이 있다. 그런데 서문으로, 이상하게 어울리지 않는 앤서니 버지스Anthony Burgess**의 글을 실었다. 버지스는 침대 예찬서의 서문에다 잠이 들까 두려워 침대가 정말 싫다면서 그 두려움을 떨쳐내려고 아무 때나 의자에서든 바닥에서든 자버린다고 썼다. 침대에 누우면 상여에 눕는 것 같다면서, 거기서 잠들면 다시는 깨어나지 못할 것 같은 기분이 든다고 했다. (내가 이 서문을 문제 삼았지만 안드레는 서문

---

* 꼼꼼히 읽기보다 술술 넘겨보게 만든, 사진과 그림이 많은 크고 비싼 책.
** 영국 소설가, 비평가, 작곡가(1917~1993). 대표작으로 《시계태엽 오렌지》가 있다.

을 굳이 챙겨 읽는 사람도 없을뿐더러 중요한 건 그 책에 그 사람의 이름을 올리는 것이지 그가 무슨 얘기를 했느냐가 아니라고 했다. 그게 많은 출판업자들의 생각이었는데 나 역시 유감스럽긴 해도 뜯어말릴 정도로 싫은 건 아니었다.) 버지스보다 훨씬 심한 기벽을 가진 사람들의 이야기도 읽어봤지만 감정 이입의 차원에서 볼 때 버지스보다 더 고통스러운 경우는 없을 것 같았다. 일상의 가장 큰 기쁨 하나를 사절해야 한다니. 자연이 주는 행복의 보증이요, 슬픔이나 권태에서 벗어날 수 있는 확실한 탈출구인 그 친숙한 신비를… 얼마나 힘들까. 그 가련한 남자는 정말이지 그렇게까지 죽는 게 두려웠을까? 그런 걸 보면 나란 사람은 내세를 상상하고 싶을 정도로 죽음이 무서워 괴로웠던 적이 없었던 것 같다.

왜 종교가 없는 걸까? 상상력이 부족해서? 용기가 있어서? 유전적으로 물려받은 기질 때문에? 앞의 두 가지는 종교가 없는 사람들뿐 아니라 종교가 있는 사람들한테도 해당하고 세 번째 것은 대대손손의 문제로 만들어버린다. 지적인 면이 떨어지는 종교인들은 종종 종교가 없는 건 부도덕하고 무절제하기 때문이라고, 규제를 받아들이려 하지 않는 못된 태도 때문이라고 생각한다. 하지만 신앙이 없는 사람들 중에도 어느 종교인 못지않게, 세상을 함께 살아가며 우리에게 과해지는 규제나 의무를 받아들이는 양심적인 사람들이 많다. 이런 말 하기 뭣하지만 무신론자들이 종교를 갖지 않는 이유는 매우 간단하다. 종교인 형제들보다 똑똑해서다. 하지만 종교인 형제들은 그 반대라고 확신하는데, 그렇다면 중립적인 심판관은 어디에 있을까? 이 문제와 관련해 우리는 두 부류의 사람이 있는 거라고 결론을 내야 할 것 같다.

나같이 종교가 없는 사람들은 부당한 이득을 누린다. 요즘 서구 세계에는 종교적 성향이 없는 사람들이 그런 성향이 있는 사람들만큼이나 많겠지만 모두가 종교인들이 정해놓은 방향으로 전개된 사회에서 살아간다. 지구 곳곳에서 인간들은 처음부터 자신들의 행동을 이끌고 통제할 수 있는 권력을 만들어냈다. 그 메커니즘은 분명 그 시대에 필연적인 것이었다. 그래서 나와 같은 비종교인들도 종교인들이 세운 사회구조 안에서 함께 살아간다. 그런데 비종교인들이 그런 구조의 일부에 대해 아무리 비판하고 분개하더라도, 정직한 무신론자라면 한 사회 안에서 종교의 건전한 측면들이 유지되는 한 그 사회가 더 나은 사회라는 사실을 부인하지 않을 것이다. 우리 무신론자들이 종교인 형제들의 케이크를 한입 쓱 베어 먹고는 갖다 버리는 셈이다.

나에게 올바른 행동이란 기독교 신자인 우리 가족이 가르쳐준 행동이다. 내가 이웃에게 기대하는 일을 이웃에게 베풀고, 화가 나도 눌러 참고, 곤경에 처한 이들을 그냥 지나쳐서는 안 되고, 아이들을 너그럽게 대하고, 물질적인 소유에 사로잡혀서는 안 된다고 배웠다. 나는 기독교의 가르침을 상당 부분 수용했는데, 어린 시절 내가 사랑하는 사람들한테 배웠기 때문이기도 하지만 그 가르침이 늘 이치에 닿았고 그런 걸 잘 지키려고 애쓰는 사람일수록 더 좋았기 때문이다(그 사람들이 그런 가르침을 칼같이 지켰다거나 계속 잘 지켰다는 얘기도 아니고 내가 그랬다는 얘기도 아니다). 내 형제의 케이크에서 내가 베어 문 조각이 꽤나 컸던 것인데 금상첨화로 그 조각에 당의까지 한 겹 입혀져 있었다. 내가 아주 좋아하는 그림과 조각 대부분이(나에게는 그런 예술 작품이 중요하다) 천국과 지옥이 실재한다고 믿을 만큼 오래전에 살았던 예술가들의 작품인 것을 보면 말이다. 이탈리아 베네치아의 코레르 박물관Museo Correr에서 예기치 않게 디리크 바우츠Dieric Bouts의 〈성모마리아와 아기 예수〉를 발견했을 때 기쁨을 누를 수 없었는데, 피카소나 메리 커샛Mary Cassatt이 그린 엄마와 아기를 봤을 때는 전혀 그렇지 않았다. 또 내 기억에 피에로 델라 프란체스카Piero della Francesca가 그린 〈예수의 탄생〉만큼 강렬한 감동을 준 작품도 없었다.

그런 마법, 바우츠의 경우에는 작품을 관통하는 매력이고 델라 프란체스카의 경우에는 경외심을 불러일으키는 것인 그런 마법을 부린 건 예술가의 솜씨가 아니다. 우리가 그런 예술 작품에 끌리는 건 거기에 사심이 없기 때문이다. 중국의 청동 불상이나 중세의 천사 목조각이나 아프리카 가면처럼. 그 작품을 만든 이는 그 자신을 표현하거나 대상에 대한 자신의 해석을 보여주려는 게 아니었다. 자신의 외부에 있는 뭔가를, 지극히 존경하고 사랑하거나 두려워하는 뭔가를 표현하려 한 것이다. 그 놀라운 것을 자신처럼 우리도 볼 수 있도록 말이다. 이런 순수한 의도를 어떻게 인공물에서 느낄 수 있는지는 알 수 없지만 사실이 그렇다. 14세기나 15세기에 만들어진 그런대로 훌륭한 성모자상과 근대에 만들어진 최고의 성모자상을 비교해보면 저절로 알 수 있는 사실이다. 그것은 예술가 자신이 표현하는 것이 진실임을 당연시하는 것과 관련이 있다. 17세기 이래로 종교예술은 아무리 화가의 솜씨가 뛰어났어도 늘 감상이나 과잉 반응이 묻어났는데, 20세기에 와서는 그런 성향이 전면화되어버렸다. 쓸데없이 호화롭고 우쭐대는 에릭 길Eric Gill*의 작품을 보라! 물론 비종교적인

---

* 영국의 판화가, 일러스트레이터, 타이포그래피 디자이너(1882~1977).

작품을 그리는 위대한 예술가도 종종 존경과 사랑으로 정성을 다해 작품을 그리고 그런 작품들도 자아를 넘어서서 동일한 순수성에 이르긴 하지만, 이젠 결코 위대하지 않은 예술가를 구원할 만큼 강력한 주제는 존재하지 않는다(바우츠는 훌륭했던 것이지 위대하진 않았다).

초창기 종교음악은 거의가 아름답지만 나로서는 큰 감동을 못 느낀다. 나는 바흐의 기악곡이 칸타타*보다 좋다. 칸타타는 그 가사 때문에 너무 교리적이지 않나 싶다. 종교시와 종교적 산문 역시 아무리 위대하더라도 별 감동이 없다. 교회 제단 위의 세 폭짜리 그림을 그린 화가는 교리적인 내용을 그렸겠지만 그의 그림은 가르치는 데는 말보다 적합하진 못했다. 그림이란 교리를 전하기에는 무딘 수단으로 백합, 황금방울새, 석류나무, 비둘기, 어머니, 아이 등은 모두 그것들이 전하는 메시지와 무관하게 그 자체로 존재하는 것으로 받아들여질 수 있다. 당혹스러운 역설이긴 하지만, 그런 대상들을 그린 예술가가 그 메시지의 진실성을 믿기에 그 대상들이 영향력을 갖게 되지만 말이다.

---

* 17~18세기의 바로크 시대에 발전한 성악곡의 한 형식. 이야기를 구성하는 가사 내용에 따라 세속 칸타타와 교회 칸타타로 나뉜다.

나는 종교적인 글에 관심이 없지만 성경이라는 위대한 작품은 예외다. 어릴 때 구약과 신약 교육을 잘 받고 자랐는데 그 점은 지금도 고맙게 생각한다. 성경이 예외인 건 그것이 지닌 언어의 아름다움 때문이기도 하지만, 훨씬 더 큰 이유는 아이들에게 큰 소리로 성경을 읽어주신 우리 외할머니의 재능 덕분이다. 외할머니가 성경을 읽어줄 때면 실제로 있었던 매우 특별한 이야기를 듣는 기분이었는데, 그 이야기들이 특별했던 건 그 진실성이 우리와 밀접한 관련이 있었기 때문이다. 요즘도 요셉과 그 형제들의 이야기나 사드락과 메삭과 아벳느고의 이야기, 또는 예수의 탄생이나 예수가 나사로를 일으켜 세운 이야기를 읽으면 이상하고 재밌는 일이 벌어진다. 내가 쓰는 노트북컴퓨터는 다양한 서체를 제공하고 한 손가락 터치로 서체를 선택할 수 있다. 그것처럼, 이런 이야기들을 읽을 때면 마치 손가락 터치만으로 어른의 마음이 어린아이의 마음으로 바뀌는 것만 같다. 잘 아는 이야기가 나오면 그 이야기가 눈앞에 쫙 펼쳐지면서 외할머니가 읽어줬던 그대로 들리고 보이는 것이다. 물론 그렇긴 해도 나는 그 이야기들을 어른의 시각에서 생각할 수 있다. 그렇다고 해서 내가 무릎을 꿇고 신을 숭배한다는 얘기는 아니다. 나는 신이 한

밤중에 사무엘을 불러낸 이야기를 좋아하지만 신은 여전히 나를 부르지는 않으니까. 그저 이런 이야기들이 내 머릿속에 너무 깊이 새겨진 탓에 불신앙으로는 지울 수 없다는 말이다. 사실 그 이야기들은 지금 내가 쓰는 의미에서의 믿음이나 불신앙과는 아무 상관도 없지만, 크리스마스캐럴처럼 과거의 느낌을 되살려준다. 그 이야기들에서는 그것들이 옛날에 특별히 중요했다는 냄새가, 평소에는 잠들어 있는 내 의식이 잡아내는 그런 냄새가 훅 끼친다. 성경은 신앙이라는 프리즘을 통해 그 이야기를 쓴 사람들의 절대적인 믿음과, 옅어지긴 했어도 진정한 것이었던 외할머니의 믿음을 내게 보여주었다. 외할머니는 신이 유대인들이 말하는 야훼와 같다고는 생각지 않았지만 그 존재를 믿었다. 그리고 아마도 예수가 신의 아들이라는 주장이나 무염시태* 같은 이야기를 메타포로 여겼을 테지만, 그래도 좋은 사람이 되려면 예수의 신성을 믿어야 한다고 주장하셨다. 이런 설득력 있는 관점에서 본다면, 성경은 나와 내 인생관에 확실히 영향을 미쳤다. 그 핵심이 되는 가르침은 나를 설득하지 못했지만. 그렇다면 글이라는 건 어떻게 작용하는 걸까? 독자의 어떤 부분이 글을 흡수하는 걸

---

* 성모마리아가 하느님의 특별한 은총을 입어 원죄 없이 잉태했다는 믿음.

까? 아니면 그것은 이중적인 문제일까? 그러니까 텍스트를 읽는 사람의 어떤 부분이 텍스트의 어떤 부분을 받아들이는 걸까?

내 생각에는 독자 내면의 결핍된 뭔가가 그 결핍을 채우기 위해, 텍스트에 대한 독자의 의식적 반응의 기저나 옆에서 텍스트가 제공하는 뭔가를 취하는 것이다.

일례로 나보다 훨씬 젊은 샐리라는 친구가 있는데, 그녀는 자기 아이들이 막 글을 읽기 시작했을 무렵 아이들이 보는 책 대부분이 동물들에 관한 이야기라고 짜증스러워했다. 엄마 말을 안 들어 곤란에 처하는 건 아이가 아니라 생쥐이고, 텃밭에 몰래 들어가 망쳐놓는 건 토끼이고, 왕이 되는 건 코끼리라면서. 그녀는 왜 아이들에게 현실적이지 않고 이런 공상 같은 애들 책을 읽어줘야 하느냐고 물었다. 내 생각에는 아주 어릴 때는 '현실'이 아니라 자신의 감정을 알아내고 받아들이는 일이 필요하기 때문에 어린아이들이 동물 주인공에게 반응을 보이는 것 같다. 유명한 동물 캐릭터 한 쌍을 예로 들어보자. 《푸 모퉁이의 집The House at Pooh Corner》*에 나오는 피글렛과 티거를 보면, 피글렛은 걱정도 많고 겁도 많은 소심한

---

* '위니 더 푸Winne the Poo' 시리즈 중 두 번째 책.

성격이지만 꼭 필요한 경우에는 큰 대가를 치르면서도 용기를 발휘하고, 티거는 너무 원기왕성하고 활기가 넘쳐서 귀찮을 수도 있는 성격이다. 그 둘은 어린아이가 즐겁게 발견하고 깨닫는 것들을 표현하는데, 이는 그런 것들이 어린아이 안에도 존재하기 때문이다. 만일 이런 특성들이 한 어린이를 통해 종이 위에 표현된다면, 그 특성들은 그 아이의 것이 되면서 사람 대 사람으로서 비판 같은 것을 하게 된다. 하지만 '가공'의 동물들을 통해 표현되면(동물이 인간의 언어로 말하지 않는다는 걸 잘 모를 만큼 둔한 아이는 만나본 적이 없는데), 그런 비판적인 요소가 빠르게 처리되어 이해해야 할 감정들에 슬쩍 묻혀버린다. (아주 어린 아이들에게 동물이 아니라 사람의 이야기가 인기 있는 경우―가령 〈행복 배달부 팻 아저씨The Postman Pat stories〉*처럼―그 이야기 속 사람은 차라리 동물인 게 나을 만큼 비현실적으로 그려진다.) 샐리의 아이들에게 중요한 건, 오로지 지각 있는 현실적인 이야기들만 제공해주는 것이 아니라 아이들이 필요로 할 때 많은 것을 두루두루 접하게 해주는 것이었다.

나는 십대 초반에 로맨스 소설에 푹 빠져서 아무리 읽어도

---

* 영국 BBC 방송의 최장수 인기 애니메이션.

물리지 않았다. 하지만 그런 책에 나오는 남녀 주인공들과 같은 인간이 현실에도 존재한다고는 생각하지 않았다. 내게 필요했던 건 성적 감각의 연습—일종의 비생식기적인 자위에 대한 탐닉—이었는데, 나는 내가 사는 사회에 의해 섹스를 금지당한 관능적인 소녀였기 때문이다. 나는 운이 좋아서 좋은 책도 충분히 접한 덕에 로맨스 소설들을 그렇게 많이 읽었어도 로맨스 마니아가 되지는 않았다. 그 책들은 그저 내가 필요로 했던 야한 자극에 불과했기에, 나는 어린아이들이 토끼의 작고 파란 코트가 진짜라고 믿지 않듯이 지극히 감상적인 그런 이야기들을 믿지 않았다. 혹은 동물들이 나오는 아동용 이야기를 실컷 읽던 시기와 로맨스의 성적 감각에 굶주리기 이전, 현실을 알고 싶은 욕구를 막 느끼기 시작했을 때 내가 처음 접했던 성삼위일체설을 사실이라고 믿지 않았듯이.

죽음 앞의 시간이란 어차피 겪게 될 것

나는 이제 돌아가실 때의 내 어머니보다 겨우 일곱 살이 적다. 그동안 죽음에 관해 배운 것들이 정서적으로 도움이 됐을까? 아니면 걱정이 더 많아졌을까? 조금 불안하긴 해도 마음이 꽤 편해졌고, 걱정거리도 한 가지 생겼다.

실제로 죽는 과정과 관련해서는 마음이 편해졌다. 그 문제에서 우리 집안만큼 운 좋은 사람들이 많은 집도 드물 것이다. 최소한의 운만으로도 제일 무서운 죽음의 공포를 면할 수 있었으니 말이다(죽음이란 슬프게도 당연히 매우 나쁠 수 있으니까). 내 외할머니는 오랫동안 심부전을 앓아 허약해진 몸으로 침대에 누워 몇 달을 견뎌야 했지만 곁에서 돌봐줄 딸이 있었다. 그러다 끝내 외할머니를 돌아가시게 한 마지막 심부전은 그동안 할머니가 견뎌냈던 것에 비하면 증세가 매우 약했다는 이야기를 이모에게 들었다. 내 아버지는 일주일을 견뎌야 했는데 확실히 끔찍했다. 당신이 그 끔찍함을 얼마나 의식하고 있었는지는 누구도 장담할 수 없었지만. 아버지는 뇌출혈을 일으켜 말도 못 하고 누가 봐도 극도로 혼란스러운 상태였다. 병원에서 안정을 찾은 뒤로는 대야를 주면 씻고 음식을 주면 삼키며 정상적인 반응을 보였지만 누가 방에 들어서면 반가워서 뭐라 말하려다가도 할 말을 못 찾고 낭패스러워했는데, 무력감을 느끼는 게 얼굴에 역력했다. 아버지는 뭔가 굉장히 잘못됐다는 걸 알고 비참해했지만 그러다 '에이, 내가 할 수 있는 일이 아무것도 없는데 애쓰지 말자'고 생각했던 듯싶다. 의사는 손상된 뇌 부위가 회복될 가능성은 전혀 없지만 신체는 건강하다고 했다. 우리는 그게 걱정이었다. 어머니와 나는 아버지가 그런 상태로 오래 살지도 모른다는 얘기를 서로 차마 꺼낼 수가 없었다. 하지만 아버지는 두 번째 뇌출혈을 일으키고 그 자리에서 바로 돌아가셨다. 그동안 당신이 겪었던 고통을 얼마나 의식했건 간에 그 고통은 엿새 만에 끝이 났다.

친할머니와 친할아버지, 아버지의 형제자매, 그리고 외할아버지가 어떻게 돌아가셨는지에 대해서는 아는 바가 거의 없지만 특별히 끔찍했다고 할 만한 얘기는 전해 듣지 못했다. 그리고 이모 한 분은 여든셋에 뇌졸중이 와서 의식을 회복하지 못하고 그 자리에서 죽다시피 했다. 다른 이모는 아흔넷의 나이에 한 시간도 채 고통을 겪지 않고 이제 훨씬 나아졌다는 말을 하고는 바로 딸의 품에 안겨 죽었다. 또다른 이모는 차차 기력이 쇠하고 정신이 흐려지더니 삼 주쯤 후에 조용히 가셨다. 그리고 외삼촌은 죽는 순간까지 운이 따라준 행운아였는데, 나이 여든둘에 노리치에서 열린 사슴 사냥개 모임에서 말을 탄 채 친구들과 웃고 떠들다가 말에서 털썩 떨어져 바로 돌아가셨다. 내 사촌 가운데 가장 나이가 많은 사촌도 비슷하게 운이 좋아 차* 준비를 하다가 쓰러져 죽었다.

내 남동생은 지난해에 죽었는데 그다지 운이 좋지 않았다. 오랫동안 고통스럽게 아파서도 아니고 죽음을 두려워해서도 아니었다. 동생의 문제는 삶을 너무 열정적으로 사랑해 죽는 걸 억울해한 것이다. 동생은 여든다섯이었다. 걱정하는 아내와 다른 사람들 눈에는 뻔히 보이는 노년의 여러 질환을 고집스럽게 무시하더니 끝내 식욕 상실과 몸으로 느껴지는 지독한 한기를 인정할 수밖에 없었고, 곧 죽게 되리라는 것도 예감했다. 하지만 그래도 동생은 밖에 나가 자기 배들을 갖고 놀고 싶어했다. 동생은 노퍽 해안가에 살았는데 그곳을 무척 좋아했다. 그런 만큼 그에게는 그곳을 떠나야만 한다는 것이, 더는 그곳에서 시간을 보낼 수 없다는 것이 최악의 운명 시나리오였다.

죽기 얼마 전 어느 날 오후, 동생은 나를 데리고 배를 타러 나갔다. 동생이 살던 집은 블레이크니 포인트 바로 안쪽에 있었는데, 해안과 나란히 뻗은 그 긴 모래언덕은 특히 썰물 때면 드러나는 갯벌 위로 강이 되어 구불구불 바다로 흘러가는 물줄기에 일부가 둘러싸이고, 밀물 때면 비바람이 들이치지 않는 탁 트인 바다에 둘러싸여 작은 범선들이 북적이고, 더 큰 범선들도 깊은 수로가 어딘지를 알려주는 표시들을 보며 조심스럽게 몬다면 쉽게 항해할 수 있는 그런 곳이었다. 그날은 바람이 거의 없었다. 하늘과 물은 자개처럼 반짝이고 비둘기들 가슴의 연파랑과 분홍이 섞인 색은 얼마나 은은하던지, 내 평생 그런 광경은 처음 보는 듯했다. 일단의 작은 범선들이 나아가지 못하고 그 자리에 떠서 경주가 시작되기를 기다리고 있었다(우리 배는 모터로 가는 것이어서, 선체 밖에 엔진을 장착하지 않은 배 하나를 다른 배들이 있는 곳으로 예인해줬다). 그런 작은 배들의 방향키를 느긋하게 잡고 있는 사람들 중 누구 하나 안달하거나 지루해하는 것 같지 않았다. 너무 멋진 날이라 배가 나아가지 않는 것쯤 마음 쓰이지 않았던 것이다. 우리가 그 배들을 조금 지나쳐 거의 블레이크니 포인트 끝자락에 도달해 망망대해로 들어서려는 순간, 배 밑이 살짝 출렁거리며 겨우 잔물결 일으킬 정도의 미풍이 불었다. 물결 끄트머리가 햇살에 부서져 반짝거릴 만큼 수면이 일렁거렸는데, 이런 빛의 효과를 올드버러의 어부들은 '찰랑이는 심벌즈'라고 표현한다는 얘기를 언젠가 들은 적이 있다. 그런 광경을 생각하면 늘 그 말이 떠오를 텐데, 아무튼 내가 이전에 봤던 '찰랑이는 심벌즈'들은 내 동생 앤드루가 마침내 돛을 높이 올리고 아주 아주 천천히 항해를 시작했을 때 우리가 헤치고 나아간 그 '찰랑이는 심벌즈'들만큼 아름답지 않았다. 우리는 별로 말을 하지 않았다. 우리는 자주 만나지도 않았고 여러 가지로 의견 차도 컸지만, 어린 시절에 나눴던 그 친밀감은 놓친 적이 없어서 말없이도 이해할 수 있는 게 많았다. 그날 오후는 그곳에서만 누릴 수 있는 멋진 풍경으로 가득했다. 내가 풍경을 감상하고 있다는 걸 동생은 알았고, 나도 동생이 얼마나 가슴 벅찬 감동을 느끼며 그 풍경에 빠져들어 있는지 잘 알고 있었다. 동생은 제대로 된 아내를 만난 덕에 마침내 제자리를 찾고 만족스러운 삶을 살게 된 남자였다. 하지만 농부로 살아야 했음에도 육군 장교가 되어야 했고 북해 끝에서 사람들에게 항해술과 굴 양식을 가르치며 말년을 보내는 사람보다는 예술가들한테서 흔히 볼 수 있는 완벽함과 강렬함으로 인생을 살았다. 죽음이 다가왔을 때 동생을 사로잡은 건 자신이 견뎌야 할 육체적 타격 같은 것에 대한 두려움이 아니라(사실 그런 건 없었다) 아무리 가졌어도 충분치 못했던 것에 작별을 고해야만 한다는 사실에서 오는 슬픔이었다.

그런 슬픔이 내게는 멋진 삶, 아니 적어도 만족스러운 삶의 증거처럼 보인다. 그러니 감사할 일이다. 물론 너무 일찍 중단되지 않는다면 말이다. 동생도 일단 여든이 넘으면 죽음에 대해 불평할 권리가 없다는 점에선 나와 생각이 같았다. 동생이 그렇게 말했으니까. 내게도 그 시간이 온다면 나 역시 약간은 그런 기분이 들 텐데, 그건 그저 우리가 누린 것에 대한 대가라는 걸 기억할 수 있다면 좋겠다.

그러니까 나는 집안 내력으로 볼 때 상당히 편히 갈 가능성이 높다. 그래서 죽음에 대해 합리적인 태도를 취하기 쉬운 것이다. 그러니 내가 죽음을 걱정하느라 시간을 낭비 않는 건 놀랄 일이 아니다. 내가 걱정하는 건 육신이 망가진 채로 살아가는 것이다. 경험상 그런 고난이 닥쳐도 그나마 힘이 덜 드는 건 딸이 곁에 있을 경우인데 내게는 딸이 없기 때문이다. 나와 가장 가까운 사람은 배리인데—우리는 사십삼 년

전에 연인이 됐고 만난 지 팔 년 뒤부터는 지금 살고 있는 아파트에서 동거를 시작했다—그는 나보다 먼저 육신이 무너져 내가 돌봐줘야 한다. 또 나는 어떤 종류의 돌봄 서비스도 이용할 만한 돈이 없다. 만일 내가 내 삼촌이나 사촌처럼 아직 운신이 가능할 때 쓰러져 죽는 행운(그런 행운은 그저 꿈꿔볼 수는 있어도 내 것이려니 확신할 수는 없다)을 누리지 못한다면 노인 병동으로 가게 될 것이다.

다행히도 마음은 앞날이 매우 암울하면 그걸 곱씹으려 하지 않는다. 그러니 그건 선택의 문제가 아니라 그렇게 할 수 없는 일에 가깝다. 무슨 일이 일어나든 어쨌거나 겪게 될 텐데 뭐하러 안달복달할까? 나 자신의 태도를 생각해보니 이런 것 같다. 나 자신을 돌볼 수 없는 그 비참한 마지막 몇 주나 몇 달(설마 몇 년이야 가려고!)은 어쨌거나 너무 불쾌할 테니, 그 날들을 어찌 보낼지는 거의 중요하지 않다. 올해 나와 동갑인 가장 나이 많은 친구가 죽었다. 나처럼 딸이 없었지만 가진 돈은 넉넉해서 처음에는 방문 간호사들을 고용했고, 그다음에는 보기 드물게 훌륭하다고들 하는 요양원에 들어갔다. 그 비용을 생각하면 훌륭해야 마땅한 요양원이었다. 그러다 이따금 응급 상황이 닥치면 병원으로 실려가 늙은이들로 가득 찬 병동에서 일주일가량을 보내야 했는데, 그 비싼 '시설'에 있을 때나 병원에 있을 때나 친구는 매한가지로 불행해 보였다. 내가 느끼기에 병원의 진짜 문제점 하나는, 그곳이 간호를 더 잘하기 때문에 죽으려는 순간 다시 삶 쪽으로 끌려올 가능성이 많아 '시설'에 있을 때보다 더 오랫동안 비참함을 견뎌야 한다는 것이다. 하지만 친구는 그렇게 가까스로 회생하면 매번 기뻐했다. 그때가 되면 다 그럴까? 나도 그럴지 어떨지 알 때가 되면 알려주고 가겠다.

죽음이라는 사건과 죽음을 앞둔 내 심정에 대해 할 말은 이게 전부이니, 이제 다른 문제로 넘어가야겠다. 주제를 '바꾼다'는 게 좀 더 정확한 표현인데, 그렇다면 말년의 삶은 어떤 것일까?

말년의 삶은 어떨까

오늘 일어난 일은 당연히 어제 일어난 일과 밀접하게 얽혀 있다. 그저 동일한 과정이 계속되는 거니까. 노인성 치매에 걸린 노인들만이 또다른 국면으로 넘어간다. 나머지 우리는 뿌린 대로 거둔다. 그런데 내 수확물 가운데 가장 좋은 것 하나는 오래전에 뿌린 것 중 행운이라는 조각에서 나왔다.

3장 끄트머리에서 묘사했던 사건, 그러니까 내가 성적으로 시들어가고 있다는 사실을 처음으로 인정해야 했던 사건이 있은 직후 연인에서 이제 막 친구가 된 배리 레코드가 자신의 희곡 〈백인 마녀White Witch〉를 자메이카에 가서 상연하기로 했다. 희곡에 나오는 인물들은 한 명만 빼고 모두 자메이카인이라 그 역할들은 자메이카에 도착해 캐스팅하면 됐지만, '마녀'는 영국인이라 영국에서 찾아 데려가야 했다. 배리는 기성 배우를 캐스팅할 여력이 없었기에 무대 경험이 없는 젊은 여자를 찾아야 했다. 그렇게 비중 있고 매력적인 배역을 맡는데서 스릴을 느껴 신나게 카리브해로 날아가 쥐꼬리만 한 돈으로 몇 달을 지낼 수 있는 그런 여자를 말이다.

배리가 오디션을 실시했을 때 샐리 캐리는 첫 지원자나 다름없었다. 서머싯에서 온 농부의 딸 샐리는 대사를 잘 읽었고 그 배역을 맡을 만큼 예뻤다. 내가 보기에는 극단적이고 기이한 느낌이 좀 부족한 용모였지만. 하지만 배리는 그런 그녀를 좋아했고 일단 무대에 서면 배역을 잘 소화할 수 있을 거라 (정확히) 판단했다. 그리하여 그들은 자메이카로 떠났고, 연극은 성공을 거뒀다. 그 둘이 연인이 되었다는 걸 배리의 편지에서 읽어냈을 때 나는 놀라지 않았다.

하지만 그들이 영국으로 돌아왔을 때 둘의 관계가 진지한 걸 보고는 약간 놀랐다. 지나가는 바람기가 분명 아니었다. 그 이유는 단번에 알 수 있었다. 배리와 나는 지성과 정직성과 관대함에 대해 비슷한 반응을 보였는데, 샐리가 여태 내가 만나본 젊은 여자들 중 가장 좋은 여자, 가장 좋은 사람이라는 걸 알게 되자 배리가 왜 그녀를 사랑하게 됐는지 아무 문제 없이 이해할 수 있었다. 배리와 내가 그때까지도 육체적 관계를 맺고 있었더라면 그들이 함께 지내는 걸 보는 게 고통스러웠겠지만, 그 무렵 우리의 관계가 성적으로는 완전히 끝났음을 내심 인정하고 있었기에 괴롭지 않았다. 우리 관계에 그렇게 중요한 변화가 일어난 게 샐리가 우리 삶으로 들어오기 전이어서 얼마나 다행스럽던지.

샐리는 우리 집에서 멀지 않은 곳에 원룸 아파트를 얻고 신경을 갉아먹는 오디션을 보러 다니는 생활로 돌아갔다. 하지만 가뭄에 콩 나듯이 일을 얻는 형편이라 방세를 내기가 쉽지 않았다. 샐리의 부모는 둘 다 농촌 집안 출신으로 그들 역시 농부들이었지만, 보아하니 자신들의 신산한 삶이 한탄스러워 세 딸은 자기네처럼 살지 않았으면 했던 것 같다. 두 언니는 미국인들과 결혼했고, 훌륭한 저음과 연기 재능을 타고난 샐리는 무대에서 경력을 쌓는 쪽으로 방향을 확실히 정했다. 샐리의 말로는 아버지는 그녀가 농사일에 관심을 보이면 적극적으로 말렸다고 했는데, 그녀는 정말이지 농사에 관한 한 까막눈으로 보였다. 밀과 보리도 구별 못 한다고 내가 놀리곤 했으니 말이다. 학교 졸업 후 샐리는 연기 학교를 다녔고 그때까지도 노래 강습을 받고 있었다.

얼마 지나지 않아 나는 샐리에게 우리 집에 이사를 들어오면 어떻겠냐고 제안했다. 원룸은 비워두다시피 하고 매일 밤을 배리의 침대에서 보내는 건 돈 낭비라는 생각이 들어서였다. 그녀가 우리와 함께 살면 좋을 것 같았고, 그건 실제로도 좋았다. 사람들 눈에 우리의 '삼자 동거ménage à trois'*가 이상하게 비칠 거라는 건 알고 있었지만, 그런 생각을 입 밖에 낼 만큼 무례한 사람이 주위에 없었기에 내가 관대하다는 과분한 칭찬을 받았는지 문란하다는 욕을 먹었는지는 잘 모르겠다. 자기 입으로 대놓고 소유욕을 비난하진 않았더라도 적어도 그런 비난을 듣지 않고 1960년대를 살았던 사람은 없었을 거란 점을 감안하면 욕보다는 칭찬 쪽이 더 많지 않았을까 싶다. 사실 소유욕이 지나치게 강한 사람은 자신이 원하는 게 아니라도 누가 뭘 즐기는 꼴을 못 본다. 하지만 나는 그 정도로 소유욕이 강하지 않았고 지금도 마찬가지다. 이는 내가 그렇게 되지 않으려고 도를 닦아서가 아니라 원래 그렇게 생겨먹었기 때문이다. 그러니 그건 운이지 미덕이 아닌데, 질투로 인해 비참한 일들이 벌어지는 꼴을 자주 봐서 그런 운을 타고난 게 다행스럽게 여겨진다. 샐리가 들어와 함께 살게 되자 소중한 옛 친구하고 사랑스러운 새 친구하고 함께 사는 기분이었고, 그렇게 함께한 이 년가량은 내가 기억할 수 있는

---

* 한 커플과 어느 한쪽의 정부가 같이 사는 것.

가장 행복한 시절에 속한다.

그 시절도 샐리 아버지의 건강이 악화되면서 끝이 났다. 샐리는 이미 노래 강습을 포기해버린 뒤였다(선생이 샐리에게 '나는 세계 최고의 콘트랄토가 되고 싶다'라는 글귀를 써서 거울 위쪽에 붙여놓으라고 했는데, 그녀는 '얼마나 바보 같은 짓이야! 나는 세계 최고의 콘트랄토가 되고 싶은 마음이 조금도 없는데'라고 생각했다). 또 연기를 좋아하긴 해도 완전히 마음을 빼앗길 정도는 아니었고 힘들고 수치스러운 오디션을 몹시 싫어했다. 그래서 샐리는 집으로 돌아가 아버지를 도와야겠다는 결론에 이르렀고, 그럴 요량으로 시런세스터로 가 농장 경영 과정에 등록했다. 나는 그녀를 배리 못지않게 그리워했던 것 같다. 그 무렵의 우리 우정은 서로를 가족처럼 여길 정도로 단단해서, 샐리가 시런세스터에서 헨리 배그널을 만나 결혼하기로 했을 때조차 그녀를 '잃는' 문제 따윈 전혀 없었다. 헨리는 다정하고 현명한 청년이어서 배리와 내가 몹시 좋아했는데, 그도 말하자면 우리 가족에 편입돼버렸다. 샐리의 아버지가 돌아가시자 그들 두 사람은 농장을 물려받았다. 그들 사이에 제서미와 뷰챔프가 태어나자 배리는 마치 손주 둘을 얻은 듯 굴었고 나도 배리만큼은 아니지만 그런 기분이었다.

그래서 이제 딸도 손주도 없이 늙었어도 내게는 그 빈자리를 채워주다시피 하는 이들이 있다. 샐리의 가장 인상적인 점 하나는 결혼 전에는 아이들을 딱히 좋아하는 것 같지 않더니 일단 아이들이 생기자 놀랍도록 모성을 완벽하게 발현한 것이다. 그것도 자기 자신을 잃지 않으면서. 일례로 샐리는 모유 수유를 하겠다고 마음먹더니 아이들이 원치 않을 때까지 계속 젖을 먹였다. 첫딸인 제서미는 충분한 위안이 필요할 때면 엄마의 가슴에 가 달라붙었는데 세 살 무렵이 되자 엄마의 가슴을 남동생에게 물려줘야 한다는 걸, 자신은 엄마 가슴 없이도 잘 지낼 수 있지만 남동생은 그럴 수 없다는 걸 깨닫고 받아들였다. 흔히들 하는 얘기인 '모유 수유가 꼭 필요한 건 아니다' '꼴사납다' '엄마가 옴짝달싹 못 해 지친다', 그리고 무엇보다 '아이들이 엄마한테 강박적으로 의존하게 된다'는 말을 들어도 샐리는 그냥 넘겨버렸다. 그 결과, 데리고 다니기 쉬웠던 제서미는 제 엄마를 아이 방에 가두는 대신 어른들 삶에 흡수되어 안정감 있는 아이로 자라 자신감과 독립성이 넘쳤고, 이젠 의사로서 당당히 경력을 쌓아가고 있어 우리 모두가 감탄과 선망의 마음으로 바라보는 아가씨가 됐다. 그런 제서미가 우리 집에서 걸어서 오 분 거리의 아파트에 살고 있어 우리로선 얼마나 다행인지 모른다. 또 제서미의 동생 뷰챔프 역시 매우 다른 방식이긴 하지만 제스만큼 잘나

가는 멋진 젊은이로 성장했다. 그들의 엄마 샐리 역시 유기농 식품 단체에서 상근직으로 경력을 쌓으면서도 단 한 순간도 자식들을 실망시킨 적 없이, 자식들을 사랑한 만큼이나 그들의 사랑을 받았다. 나와 가까운 이들 중 샐리의 두 아이만 눈에 띄게 매력적인 젊은이인 건 아니지만—내게는 조카들도 있고 조카들의 자식들도 있는데 저마다 요즘 젊은이들에 대한 불길한 예감을 넌센스로 만들어버리니까—그들 둘을 가장 자주 만나니, 그런 점에서 내 행운을 상징해주는 아이들인 셈이다.

젊은이들이 곁에 있어 정말 좋은 점은 보고 있으면 사랑스러움을 느끼고 살아가는 모습을 지켜보면 매우 흥미롭다는 것이다. 그뿐만이 아니다. 그냥 곁에 있기만 해도 노년의 유쾌하지 못한 면들이 중화된다. 우리같이 나이든 사람들은 우리 자신의 경계 안의 상황이 갈수록 나빠지기 때문에 모든 게 나빠질 거라고 확신하는 경향이 있다. 원하는 대로 할 수 있는 일은 점점 줄어들고, 귀는 더 안 들리고, 눈은 더 침침해지고, 식욕도 갈수록 줄어드는데, 아프기는 더 많이 아프고, 친구들은 떠나고, 나도 곧 죽게 될 것이고…. 그러니 당연히 남은 인생 전반을 비관하기 쉬운데, 그렇게 되면 사는 게 매우 지루해지고 그렇잖아도 쓸쓸한 말년이 더욱 쓸쓸해진다. 그런데 이제 막 인생을 시작해 모든 가능성이 열린, 앞날이 창창한 이들을 간간이 보게 되면 우리는 그저 가느다란 검은 선 끄트머리에 있는 점이 아니라 시작과 성숙과 쇠락, 그리고 새로운 시작으로 가득한 광대하고 다채로운 강의 일부라는 사실, 아직도 그 일부이며 우리의 죽음 역시 아이들의 젊음과 마찬가지로 그 일부라는 사실을 떠올리게 된다. 아니, 실제로 그걸 다시 느낄 수 있게 된다. 그러니 아직 이것을 볼 수 있는 정신이 남아 있는 동안은 징징대느라 시간을 낭비하지 말자.

그리고 나처럼 운이 좋아서 이따금 젊은이들과 친밀하게 지낼 수 있다면, 우리가 만나는 모든 사람에게 그렇듯 거울과 같은 역할을 하면서 때로 이런 생각을 젊은이들에게 쉽게 전해줄 수 있다.

우리는 늘 다른 사람들 눈에 비춰 자신을 보게 된다. 다른 사람들 눈에는 어리석어 보일까 분별 있어 보일까, 바보로 보일까 똑똑해 보일까, 좋은 사람으로 보일까 나쁜 사람으로 보일까, 섹시해 보일까 매력이 없어 보일까…. 답은 적극적으로 찾아보지도 않고 늘 사람들 눈을 의식해 자신감을 잃고 움츠러들기도 하고 우쭐해지기도 한다. 극단적인 경우 망가지기도 하고 구원받기도 한다. 그러니 만일 사랑하는 아이가 나이 든 당신을 현명하고 친절한 사람으로 봐준다면(설령 잘못 봤다 해도) 얼마나 고마운 일인가! 언뜻 그렇게 봐준다고 해서 현명하고 친절한 사람이 되는 건 아니지만 말이다. 마사지 한 번 잘 받는 것과 비슷하다. 마사지를 받는다고 아픈 게 낫는 건 아니지만 받는 동안만큼은 좋아지는 것 같으니까. 그리고 그 정도면 받을 만하지 않은가.

그런 평가는 들을 가능성은 희박해도 자꾸 들을수록 소중해지기에 중독될 위험이 있다. 나이든 사람이 젊은 사람 곁에 있는 걸 좋아하지 않는다면 괴팍한 노인네가 분명하지만, 그래도 중독될 위험이 있다는 걸 알고 조심하는 게 매우 중요하다. 여자건 남자건 간에. 얼마 전 어느 만찬 자리에서 육십대 후반 내지 칠십대 초반으로 보이는 활기 넘치는 남자 옆에 앉았는데, 그는 자기가 젊은이들과 아주 잘 어울린다면서 왜 그런지는 모르겠지만 젊은이들이 자신을 또래처럼 여기는 것 같다고 주책없이 떠들었다. 그렇게 말하는 동안 그 지적인 얼굴에 얼빠진 미소가 슬쩍 스쳤다. 딱하기도 해라! 그게 내 느낌이었다. 그래서 분명 부질없는 짓일 줄 알면서도 불친절하게도 내가 직접 경험한 일을 얘기해줬다.

내 나이 열여덟인가 열아홉이었을 때, 우리 집 근처에 살던 한 남자의 결혼 소식에 모두가 놀란 일이 있었다. 다들 그 남자가 독신주의자인 줄 알았고 (내 생각에) 나이가 마흔아홉이나 된데다 독신인 것에 만족하는 듯 보여서 둔감한가 보다 했지 게이일지 모른다는 의심은 하지 않았다. 사람들은 그가 사십대 중반의 적당한 여성을 찾아내 아내로 삼은 걸 알고 잘됐다고 기뻐했지만 좀 재미있다는 투로 그런 얘기들을 나눴다. 그 남자 얘기를 하도 들어서인지, 나는 춤추러 갔다가 이제 막 신혼여행에서 돌아온 그들이 보이자 호기심이 발동했다. 나는 함께 춤을 추기 시작한 그들을 지켜보았다. 연한 갈색 머리칼에 자그마하고 평범한 모습이지만 즐거워 보이는 두 늙은이를. 아니, 즐거워 보인다는 말로는 부족하고 미친 듯이 행복해 보였다. 그들은 상기된 표정으로 서로의 눈을 응시하고 있었다. 그러더니 눈을 감고 뺨을 비벼대며 춤을 췄다. 그런데 그게 역겨웠다. '저 늙은이들은 아직도 사랑을 나누는 게 분명해(그 시절에는 성교라는 말이 떠오르지 않았다). 하지만 그런 티를 내지 않는 품위 정도는 갖춰야 하는 거 아니야?' 그런데 나는 그들과 얼굴을 맞대고 있었다면 감히 이런 생각을 드러내는 건 꿈도 못 꿨을 상냥한 양갓집 규수였다.

내가 보기에 요즘 젊은이들은 우리가 젊었을 적보다 훨씬 세련돼서 대다수가—내가 사랑하는 아이들은 확실히 그렇다—우리 때보다 손윗사람들과 훨씬 잘 지내는 것 같다. 하지만 장담하는데 그들이 우리와 함께 있고 싶어 할 거라 기대하거나 동년배 친구에게 청할 일을 그들에게 청해서는 절대로, 절대로 안 된다. 그들이 너그러이 베푸는 건 뭐든 즐겁게 받으시라. 하지만 딱 거기까지다.

다 늙어 배운 그림이 준 기쁨

늙었을 때는 인간관계도 물론 중요하지만 활동도 그에 못지않게 중요하다. 약 이십 년 전만 해도 런던에 살면 굉장히 다양한 저녁 강좌들을 거의 무료로 들을 수 있었다. 교만하게도 나는 오랫동안 그런 강좌들을 듣는 건 나와 상관없는 일이라고 여겼다. 그런데 몸이 너무 불어 내 형편에 맞는 어느 가게를 가도 마음에 드는 기성복을 찾을 수 없게 되자 이참에 옷 만드는 법을 배워봐야겠다 싶어 알아보다가 눈이 번쩍 뜨였다. 인근 초등학교에 가서 양재 강좌를 신청하려고 보니 강좌들이 어찌나 많던지. 중국어와 러시아어, 라틴어 같은 갖가지 어학 강좌는 물론이고 각종 춤과 그림과 노래도 배울 수 있을 뿐 아니라 자동차 정비 기술에 골동품 수집, 배관에 이르기까지 그야말로 없는 게 없었다. 그 즉시 수요일 저녁마다 몇몇 사람과 더불어 아이들 도서관의 작은 책상에 난쟁이처럼 쭈그려 앉아 즐겁게 바느질을 시작했다. 우리 재봉반은 특히 운이 좋았던지, 비디 맥스웰 같은 소중한 분을 선생님으로 모시게 되었다. 그는 귀에 쏙쏙 들어오게 잘 가르쳤을 뿐 아니라 아직도 이어지고 있는 우리 우정의 구심점이 되어주었다. 우리 반만 그렇게 수업 시간이 즐거웠던 건 분명 아니었을 것이다.

그런데 육 년쯤 지난 후부터 거의 무료로 진행되던 그 많은 강의들이 줄어들기 시작했다. 그전부터 조금씩 위험이 감지되긴 했다. 수강생이 열 명이 안 되면 어떤 강의든 폐강되어버려, 우리는 가끔 뉘 집의 자상한 남편을 억지로 끌고 와 천 쪼가리 하나를 안기고는 넥타이 만드는 시늉을 하고 앉아 있게 했다. 하지만 결국에는 그 특별한 제도가 통째로 없어져버렸다. 물론 기꺼이 수강료를 지불하는 사람들을 위한 저녁 강좌 운영 기관들은 계속 남아 있었고, 내게는 성인용 강좌들이 인생의 좋은 벗이 되어주었다.

처음에 내가 성인 강좌에서 그림을 배워볼까 하고 생각하게 된 건 어머니 때문이었다. 어머니는 칠십대 중반에 '즐거운 그림 교실'에 다녔다. 어머니와 함께 수업을 들었던 이들 중에는 엽서를 세밀하게 모사하는 데 만족하는 이들도 있고 좀 더 도전적인 이들도 있었다. 어머니는 그중에서도 가장 과감한 축에 속해, 대담한 정물화 몇 점과 아주 특이한 자화상도 한 점 그렸다. 그림 그리는 걸 매우 좋아하던 어머니를 봐서인지, 칠십대 중반에 재봉 강좌가 폐강되자 나도 어머니처럼 그림을 그려보자는 생각이 자연스럽게 들었다. 학창 시절에 늘 미술 시간이 좋았고 한때는 일요화가 노릇도 잠시 즐기다가 직업상 그럴 여유가 없음을 깨닫고 그만두긴 했지만, 뭔가를 그리고 싶다면 언제든 한번 해볼 수 있을 거라 생각했다. 내가 처음으로 실제 모델을 그리는 '라이프 클래스Life Class'를 들은 건 아직 일을 하고 있을 때였는데(75세가 돼서야 은퇴를 했으니까) 그런 상황에서 필요한 집중력을 발휘하려면 내가 동원할 수 있는 것보다 더 많은 에너지가 필요하다는 사실을 이내 깨닫게 되었다. 그리고 은퇴 후에는 내가 살던 곳에서 모퉁이만 돌면 제대로 된 좋은 라이프 클래스가 있어 한동안 잘 다녔다.

그 미술 교실에서 모델의 모사가 목표였던 학생은 아마 내가 거의 유일했을 것이다. 대다수는 현대미술과 같은 효과가 나기를 바라며 종이 위에 자국을 내는 걸 목표로 삼은 듯 보였으니까. 그들에게 나의 시도는 분명 지루하고 고루해 보였을 것이다. 나 역시 그들이 하는 짓이 터무니없는 시간 낭비로 보였는데, 지금도 그렇게 생각한다. 아마 내가 늙어서 그렇게 생각하는 것일 수도 있지만 늙었다고 꼭 틀리라는 법은 없으니까. 장담컨대 나이든 사람들만 숙련된 솜씨와 무관한 걸 예술로 인정할 수 없다고 생각하는 건 아닐 것이다.

돈이 많다면 미술 작품을 수집하고 싶다. 드로잉과 회화 모두. 회화도 여러 가지로 흥미로울 수 있지만 내 마음을 설레게 하는 건 늘 인생의 한순간을 포착한 드로잉이다. 드로잉이란 위대하든 아니든 예술가들이 뭔가를 이해하려 하거나 보존하고 싶은 뭔가를 포착하려 할 때 하는 것이다. 예술가들은 그렇게 즉시성과 소통하며 시간을 폐기할 수 있다. 내게는 빅토리아시대 예술가가 그린 드로잉이 한 점 있는데, 아내가 어린 딸에게 촛불 옆에서 책 읽는 법을 가르치는 모습을 그린 것이다. 또 15세기에 살았던 피사넬로_{Pisanello}*에 관한 어느 책에는 목매달린 남자들을 재빠르게 스케치한 그림이 네 점 있는데, 숨넘어가는 사람의 모습을 각기 다른 방식으로 그린 것으로, 이 드로잉들을 그린 사람의 눈을 통해 마치

---

* 이탈리아 화가(1395?~1455). 본명은 안토니오 피사노로, 북이탈리아의 초기 르네상스에서 중요한 화가로 꼽힌다.

현장에서 그 광경을 생생히 보는 것만 같다. (이상하게도 예술 작품으로 내놓은 드로잉들은 사적인 기록이나 연구보다 이런 환각적인 효과가 덜한 것 같다.)

두 눈과 두 손이 있다고 해서 그걸 제대로 사용해 그림을 그릴 수 있는 사람은 많지 않다. 특별한 재능을 가진 몇몇 사람들은 처음부터 그런 능력을 발휘한다. 하지만 우리 중에도 처음에는 서투르지만 교육과 연습을 거치면 능력을 발휘할 수 있는 사람들이 있다. 라이프 클래스의 목적이 바로 그런 것 아닐까? 보는 법과 눈에 보이는 것을 손으로 재현하는 법을 가르치는 것. 그러다 마침내 손으로 그리는 선들 자체가 무엇을 그린 건지 설명할 뿐만 아니라 만족을(아니, 어쩌면 깊은 행복감이나 두려움, 아니면 뭐든 간에) 줄 만큼 자신 있게 그릴 수 있게 해주는 것 말이다. 일단 그 정도의 솜씨를 갖게 되면 나가서 자유롭게 그리고 싶은 건 뭐든 그릴 수 있을 테고, 그렇게 그린 작품은 살아 있을 것이다.

나는 나체를 그리려고 처음 시도했을 때에야 그 일이 얼마나 어렵고 중요한지 알게 되었다. 우리가 집중해 살펴볼 수 있도록 침착하게 우리 눈앞에 발가벗은 채 자신을 드러낸 사람을 보고 있으면, '라이프 클래스'라는 말이 얼마나 정확한 표현인지 실감하게 된다. 우리가 보고 있는 것은 정확히 생명이다. 우리 존재의 그 설명할 수 없는 놀라운 원인, 모든 관심과 존중을 받아 마땅한 바로 그 생명 말이다. 그래서 대다수 사람들은 건축물이나 기계 같은 인공물보다 다른 사람이나 동물이나 초목을 그리는 걸 더 좋아한다(물론 인공물 데생에 뛰어난 화가들도 있고, 또 그런 건 지루할 거라고 여기는 건 아마도 어리석고 별난 내 성격 탓일 테지만).

처음으로 나체를 그리려고 시도해보니, 드로잉의 질을 결정하는 건 독창성이 아니라 자신이 보고 있는 대상에 바치는 화가의 관심과 경의라는 생각이 들었다. 자신이 연구하고 있는 대상의 참된 본질을 탐색하려면 가능한 한 기술이 숙련되어야 한다.

물론 그런 탐색에는 하나의 대상이, 아니 때로는 대상들 안에 구현된 하나의 주제가 필요하다. 고야의 〈전쟁의 참화〉나 투우 연작을 생각해보라. 평면을 그 자체만으로도 흥미로운 볼거리로 만들려면, 그러니까 보는 이의 시선을 붙들고 화가 자신뿐 아니라 남들에게도 감동이나 즐거움을 주는 예술품으로 만들려면 색채를 이해하고 패턴이 창의적이어야 하는데, 그건 흔한 능력이 아니다. 하지만 가장 필요한 것이 자기 자신을 매우 진지하게 대하는 일인 경우도 꽤 있다. 가령 엄청난 자존심을 가진 사람만이 지루해 죽는 일 없이, 단조롭고 평범한 색 한 가지나 두 가지 아니면 세 가지만으로 많은 작품을 생산해낼 수 있을 것이다. 내가 보기에는 말도 안 되는 것 같은 비재현 미술이 그런 경우다. 또 실내장식으로 제격일 듯한 작품들도 있다. 하지만 그런 작품들은 주제를 탐색하고 찬양하고 공격하는 작품들과 달리 내 마음을 사로잡지 못한다.

두 번째로 다니던 라이프 클래스가 재밌긴 했지만 그만두기로 했다. 매일같이 열심히 그려야 그림이 더 나아질 것 같은데다 그렇게 열심히 노력해도 나란 사람은 이미지보다는 말을 다루는 사람이라 결코 일러스트레이터 이상은 못 될 것 같아서였다. 최선을 다해도 일류는 못 될 거라는 확신이 들어 관심을 잃은 거라면 일종의 허영이 아닐까 싶기도 하다. 아직도 간간이 그림 그리기를 즐기는데, 그럴 힘이 좀 더 자주 있었으면 싶다. 그림에는 아직도 몰입할 수 있으니까. 그런 수업들을 들을 수 있어 다행이었던 것은, 화가는 못 됐어도 내 빈약한 시도가 남긴 긍정적인 결과가 있어서다. 이젠 예전보다 사물을 훨씬 잘 보게 됐다. 이는 그림을 그려본 사람들이 종종 하는 말이다. 그리고 그림 그리기는 늙어서도 시도해볼 만한 일이다. 덕분에 인생이 조금이나마 더 즐거워지니까.

아름다움은 바라보는 이의 눈 속에

예전에도 그랬지만 지금도 그림 그리기 못지않게 강렬하면서도 그보다 훨씬 더 꾸준한 즐거움을 주는 일은 정원 가꾸기다. 내 어린 시절 정원일이란 사람을 사서 하는 일이었다. 우리 외가에는 수석 정원사 한 명과 그 밑에서 일하는 보조 정원사 둘이 있었고, 우리 집은 정원사가 한 명이었다. 우리 집 정원사는 처음에는 종일 근무를 하다가 우리 형편이 기울면서 차차 시간제로 일했다. 하지만 우리 할머니조차 손수 땅을 파헤치는 일 같은 건 안 했어도 당신의 정원이 어찌 되어 가는지, 왜 무슨 일을 해야 하고 어떻게 해야 하는지는 정확히 알고 있었다. 또 할머니가 확실히 아는 일들, 가령 침대 시트나 식탁보, 베갯잇 같은 리넨 제품을 보관할 때 함께 넣어두는 말린 라벤더 주머니를 만들기 위해 라벤더를 잘라 시트 위에 펴서 말리는 일이나 온실(할머니가 집안을 장식할 꽃꽂이를 하고 개들이 잠자는 싱크대가 있던 작은 방)의 진딧물을 없애기 위해 커다란 황동 스프레이 통에 살충제를 담아 장미에 뿌리는 일 같은 것은 당신이 손수 하셨다. 할머니가 만든 살충제라고 해봐야 양동이에 따뜻한 물을 담고 연성비누를 녹인 정도의 약이라 장미는 늘 싱싱했다. 어릴 적 우리는 장미를 정말 좋아했고 스노드롭 꽃이 언제 피는지 열심히 지켜보았으며 벨벳처럼 보드라운 팬지 꽃잎들을 톡톡 두드리곤 했다. 또다른 꽃들도 좋아했지만 정원은 그저 바라만 보는 곳이 아니었다. 우리는 그 안에서 살았다. 나무에 올라가고 덤불숲에 숨고 개울에서 올챙이와 작은 도롱뇽을 잡고 복숭아와 포도 서리를 하면서(그건 금지된 장난이라 더 재미있었는데, 자두와 사과를 따 먹는 건 허락되었다). 그리고 우리가 매일같이 맡아서 하는 일도 있었다. 할머니에게 스위트피 콩을 따다 드리고 그날 식탁에 오를 딸기와 라즈베리를 따는 일이 그것들이었다. 철이 바뀔 즈음이면 그런 일들이 좀 귀찮아졌지만 그래도 싫지는 않았다. 늘 맛과 향기가 좋은 나무들에 둘러싸여 이파리들을 만지는 느낌이 좋았기에, 우리에게 정원이란 아름다운 것들이 가득한 곳일 뿐 아니라 감각적인 즐거움을 누릴 수 있는 곳으로 여겨졌다.

그건 나 이전에 내 어머니와 이모들에게도 마찬가지였다 (우리 집안은 남자들보다 여자들이 정원에 더 관심이 많았다). 어머니와 세 이모 모두 열정적이고 박식한 정원사들로, 외할 머니보다 정원일을 더 많이 했는데 그건 어느 이모도 외할아 버지만큼 부유한 남자와 결혼하지 못했기 때문이다. 하지만 나는 자라면서 유년 시절뿐 아니라 어머니, 이모들과도 멀어 졌다. 처음에는 옥스퍼드로, 그다음에는 런던으로 떠나 있었 던 탓에, 집에 갈 때면 어머니가 몇 년에 걸쳐 꾸민 여러 정원 을 감상하기는 했지만 그저 바라볼 뿐, 거기서 살지도 그 안 에 들어가 일을 하지도 않았다. 나는 잡초를 뽑거나 씨 뿌리 는 일을 좋아한 적이 없어서 정원일에 대해서는 아는 게 없 었다. 언젠가 막 새집으로 이사한 친구 집에 갔는데, 친구가 다시 살려내고 싶은 방치된 화단에서 한 무더기의 이파리를 보여주며 이게 뭐 같냐고 내게 물었다. 나는 "팬지 같은데"라 고 대답했다. 우리는 그 덤불에서 풀 몇 포기를 뽑아 꽃밭 앞 쪽에 나란히 심었다. 그런데 팬지라고 했던 게 나중에 알고 보니 갯개미취였다.

1960년대 초에 이사해 아직도 그 꼭대기 층에서 내가 운 좋게 살고 있는 런던 집은 앞쪽에 작은 정원이 있고 뒤쪽에도 테니스코트보다 약간 더 큰 정원이 있다. 사촌인 바버라가 그 집을 샀을 때 뒤쪽 정원은 잔디밭이었는데, 가장자리에 화단이 조성되어 있었다. 한쪽에는 가장자리를 따라 긴 화단이, 그 맞은편에는 담쟁이가 뒤덮은 화단이, 또 한쪽에는 한때 잔디밭으로 이어지는 계단 옆 화단이었지만 이제는 잡초만 무성한 풀밭이 있었다. 긴 화단은 아직 꽃을 피우기는 해도 너무 오래되어 가지가 비틀린 장미들이 가득했다. 사촌이 잡초를 뽑고 이모가 간간이 살짝살짝 가지치기를 해주긴 했어도 계속 잔디를 깎아주는 것 말고는 정원이 저 스스로 알아서 하게 내버려두었다. 이 말인즉 장미 화단 맞은편 벽에 붙어 자란 월계수 덤불과 날카로운 가시가 있는 피라칸다*가 거의 집 높이까지 자라 집 대부분의 공간을 그늘지게 했다는 소리다. 하지만 그 잔디밭은 사촌의 어린 자녀들의 놀이터이자 아이들이 기르는 기니피그들의 보금자리로 잘 쓰였는데, 사촌에게는 그 점이 중요했다.

스물여섯 해 전에 사촌이 직장 때문에 워싱턴으로 옮겨가 거기서 육칠 년을 살게 되자 내가 그 집 맨 아래층에 살세입자를 찾아주기로 했다. 가운데 층은 당시 옥스퍼드에 있

---

* 중국 원산지의 상록관목.

던 사촌의 아들을 위해 남겨두고. 떠나기 직전 사촌은 "자연이 아예 장악하지 못하게" 정원을 "좀 봐달라"고 했다. 다음날 아침 침실 창밖으로 몸을 내밀고 이제 내 영역이 된 곳을 살펴보다가 갑자기, 전혀 예기치 않게 나는 내 어머니처럼 되어버렸다. "방법은 딱 하나뿐이야. 싹 다 갈아엎고 새로 시작하는 거야"라고 말하는 내 목소리가 들렸던 것이다. 그리고 나는 그렇게 했다. 땅을 파고 가지치기를 하고 앞뜰에 담을 새로 쌓는 힘든 일은 사람을 사서 했지만, 심는 일은 전부 내가 직접 했다. 그렇게 내 손으로 심은 첫 번째 식물이 실제로 자라서 꽃을 피우자 나는 거기에 푹 빠져버렸다.

　오랫동안 나는 저녁 시간과 주말은 거의 정원일로 보내면서 아주 대담하고도 다채로운 정원을 만들었다. 하지만 땅을 파고 풀을 베는 일이 점차로 너무 버거워져 오 년 전쯤에는 정원을 좀 더 수수하게, 단조롭긴 해도 여름 저녁에 나가 앉아 있으면 마음이 차분해지는 그런 정원으로 다시 꾸몄다. 그러고는 두 주에 한 번 정원관리업체에게 관리를 맡긴 다음 관심을 놓아버렸다. 그래도 야생 사과나무와 목련, 각기 다른 세 종류의 장미들을 뒤덮은 거대한 흰 덩굴장미는 아직도 자랑스럽다. 하지만 그 무렵 나는 노퍽에 있는 내 사촌이 자기 모친에게서 물려받아 너그럽게도 내게 한몫 떼어준 그 작은 집에 딸린 600평이 넘는 정원, 가능성이 무궁무진한 진짜 정원을 마음에 두고 있었다. 사촌은 정원 안에 앉아 있는 건 정말 좋아했지만 정원을 가꾸는 일은 기꺼이 내게 맡겼다. 나는 이모의 작품에 나의 작품을 덧붙이는 일에서 꾸준히 기쁨을 맛보았다.

　얼마 전부터는 그 정원일 대부분을 남의 손을 빌려야 해서, 이제 잔디를 깎고 울타리를 다듬는 일은 사촌이 고용한 청년이 하고, 나는 그동안 차례로 세 명의 정원사를 고용했다. 셋 모두 여자로, 나보다 아는 게 훨씬 많고 각자 다른 방식으로 훌륭하게 정원을 꾸며주었다. 내 형편상 일주일에 딱 하루만 그들을 고용할 수 있는데, 그들이 해놓은 일을 보면 감탄이 절로 나온다. 처음의 두 사람은 엄청난 규모의 골조 공사를 해치웠고, 지금의 내 소중한 정원사는 세련된 원예가로 어디다 무엇을 심을지 선택하는 즐거운 시간을 나와 함께 해주는데 내가 정원일 중에서 가장 좋아하는 일이 바로 그 것이다. 아직도 그곳에 갈 때면 어떻게든 조금이라도 내 손으로 직접 일을 해보려고 한다. 뭘 좀 묶는달지, 다듬는달지, 구석의 잡초를 제거한달지, 서너 가지 작은 식물을 심는달지 하는 일들 말이다. 그런 일을 하고 나면 아무리 뼈마디가 쑤셔도 정말 기분이 상쾌하다. 땅속에 두 손을 넣고 식물 뿌리를 편안하게 펴주는 건 정신을 온전히 쏟을 수 있는 일이라 그림을 그리거나 글을 쓸 때와 마찬가지로 나 자신이 내가 하고 있는 일 자체가 되어 자의식으로부터의 놀라운 해방감을 경험하게 된다. 그렇게 보자면 그냥 정원에 앉아 바라보기만 하는 일도 마찬가지다. 다음은 배리가 아팠던 시절에 잠깐 썼던 일기에서 발췌한 글이다. 두 달가량 노력에 발걸음을 못하다가 배리의 동생이 와서 배리와 함께 있어준 덕분에 주말에 짬을 냈을 때다.

마침내 다시 이곳으로 돌아왔다. 그것도 이렇게 아름다운 봄날에. 수선화가 지천으로 피었는데 만개한 것도 있고 봉오리만 맺힌 것도 있다. 문가의 벚나무에는 여린 연분홍 꽃들이 한창이고 프림로즈도 무성하고 목련은 꽃망울을 터뜨리고 있다. 만물이 소생하는 이 봄이 나를 취하게 한다. 여름에 이 정원이 아무리 아름다운들 지금보다는 못할 것이다. 내가 한 일은 아무것도 없고, 다 우리 도로Doro 이모가 현명하게도 오래전에 심어놓은 알뿌리류들이 잘 자라 널리 퍼진 덕분이다. 오늘 오후, 수선화들로 둘러싸인 연못가에 오랫동안 앉아 이렇게 나 자신을 설득해보려 했다. "아름다움은 바라보는 이의 눈 속에 있어. 저 초록과 황금

빛으로 눈부시게 빛나는 생명체들은 생존하기 위해 자연법칙대로 모양과 색깔을 지닌 식물 유기체에 불과해. 쐐기풀이 아름다움 그 자체를 위해 존재하지 않듯 이것들 역시 그래." …하지만 그걸 믿을 수는 없었다. 그게 사실이라 해도, 그래서 뭐 어쨌다는 말인가! 나는 그게 사실이 아니라고 생각하기로 했다. 수선화들을 보고 있으면 그렇게 하지 않을 수가 없으니까.

지금도 마음속으로 그 꽃들을 볼 수 있다. 그 평화로운 존재들, 저마다 조용히 저 자신의 신비로운 삶을 사는 그 꽃들을. 그리고 나는 안다. 몇 개월만 있으면 그 꽃들이 다시 돌아오리라는 걸, 그리고 운이 좋으면 그곳으로 가 그 꽃들을 다시 볼 수 있으리라는 걸…. 맞다, 바버라가 정원을 살펴봐달라고 부탁한 뒤로 나는 훨씬 부자가 되었다.

앞으로 일 년은 더 운전할 수 있어

'여든두 살이 되면 차를 포기하는 문제를 생각해봐야지.' 이 결심을 한 게 칠십대 초반이었다. 마침 내가 어머니 집에 머물고 있을 때 어머니를 담당하는 동네 경찰이(그때까지도 그런 게 있었다) 찾아온 일이 계기가 됐다. 내가 문을 열었더니 경찰이 거의 나를 껴안으려고 했다. 입이 떨어지지 않는 이야기를 전해야 하는 판에 대신 전해줄 사람이 있는 게 너무 반가웠던 것이다. 이제 운전을 그만둘 때가 되었다고 어머니를 좀 설득해달라는 거였다. 아무도 어머니의 면전에 대고 무슨 소리를 하려 들진 않았지만 동네 사람 셋이 어머니가 운전하는 걸 목격했고 그 희생자가 될 뻔했다는 얘기를 자신에게 했다면서, 어머니의 운전이 최근 들어 그러니까… 언짢

게 하고 싶지는 않지만 약간 좀 이상해졌다는 거였다. 그 얘길 전했더니 어머니는 팩 성을 내며 당찮은 소리 말라고 했다. 그러더니 여섯 주쯤 지나 지나치듯 말했다. "아, 그나저나 차는 없애기로 했다." 그 말에 얼마나 안심이 되던지.

이제는 어머니가 운전을 포기하기 싫었던 마음을 십분 이해한다. 차 안에서 꼼지락대는 걸 '활동'이라 할 수는 없지만 신체적으로 기동성이 제한된 이들에게 운전은 삶의 일부이자 즐거움의 한 원천이다. 엄밀히 말해 나 역시 내키지 않아도 어머니의 예를 따랐어야 할 시기에 그렇게 하지 않았다. 나는 칠십대 때 운전을 그만뒀어야 했다. 두 눈 모두 백내장이 와서 차 세 대 정도의 간격이 나면 앞차의 번호판도 읽을 수 없었으니까. 실은 바로 앞차의 번호판도 거의 안 보였다. 하지만 면허 당국은 조심스럽게 판단했다(아주 정확하게!). 어떤 대상의 세부적인 것들을 구별할 수 없다고 해서 그 대상 자체를 못 보는 건 아니니까. 그리고 나는 어떤 대상이 어디에 있고 그게 뭔지, 큰지 작은지, 가까이 있는지 멀리 있는지, 그런 건 전혀 헷갈리지 않았기 때문에 눈을 수술할 때까지 계속 운전한 데 대한 죄책감은 크지 않았다.

비쌀수록 좋다는 생각이 확고한 안드레 도이치가 나의 백내장 수술을 알아봐주는 책임을 떠맡고는 "할리 가의 내 놀라운 의사"를 만나보라고 하도 밀어붙이는 통에 그 의사를 만났다. 그런데 의사는 수술 날짜를 잡으라며 나를 비서에게 넘겼는데, 비용은 비서에게 물어보라는 것 같았다. 비서 말로는 수술은 '런던 클리닉'에서 하고 이틀간 입원할 예정이어서 "비용은 3000파운드가량 들 것"이라고 했다. 하지만 내가 수술을 받은 곳은 찰스 디킨스 소설에 나올 법한 웅대한 무어필드 안과 병원이었다. 수술은 무료로 아주 정밀하게 이뤄졌다. 첫날은 점심시간에 갔다가 저녁시간에 맞춰 집에 돌아왔고, 둘째 날은 아침 일찍 갔다가 점심때 돌아왔다. 게다가 그 모든 게 멋진 기적 같았다. 병원 측에서는 현대의 수술이 어떤 건지 내가 잘 안다고 생각했는지 미리 알려주지 않았는데, 사실은 백내장만 제거하고 만 게 아니라 백내장이 시작되기 전부터 있었던 내 시야의 결함을 교정하는, 영구적으로 사용할 수 있는 작은 렌즈를 삽입해 내게 새로운 눈을 주었던 것이다. 평생 근시로 살다가 갑자기 세상을 매처럼 볼 수 있게 되니 안경이 더 이상 필요하지 않았다. '원시'인 노인에게 꼭 필요한 돋보기 말고는. 그 후로 백내장 수술이 잘못된 슬픈 사례를 두세 번 듣긴 했지만, 나 자신의 수술은 진심으로 고맙게 생각한다.

여든두 살이 되자 내가 했던 결심을 기억하고 차를 포기할

지 말지 고민하기 시작했다. 하지만 두 발로는 500미터도 못 가도 운전을 하면 지금까지 살아왔던 대로 살 수 있을 거라는 사실밖에는 보이지 않았다. 그래서 '안 돼, 아직은 안 돼'라고 마음을 정했다. 그로부터 육 년이 지난 지금, 또다시 생각해봐야 할 때가 된 것 같다. 이제 두 다리는 힘이 거의 다 빠져서 100미터를 걷기도 힘들다. 처음에는 발이 아팠다. 발바닥을 보호하는 살이 점점 얇아져 끝내 걸음을 한 걸음 뗄 때마다 가련한 늙은 뼈들이 땅바닥과 마찰을 일으킬 지경에 도달했다는, 단순하지만 치유 불가능한 원인 때문이다. 이렇게 되면 제대로 걷지 못해 무릎에 무리가 가고 그다음으로는 엉덩이에도 무리가 가서 다리 전체를 쓸 수 없게 된다. 그러면 처량하게도 지팡이나 보행 보조기 없이 두 발에만 의지해 몇 발짝 더 걸어보려 했다가는 그대로 넘어지겠구나 싶은 때가 오는 것이다. 그 순간이 오면 차 없이는 못살겠다 싶어진다. 절뚝거리며 차로 가서 거추장스러운 몸뚱이를 힘겹게 운전석에 조심스레 들여놓고 나면, 하! 다시 정상이 된다. 다른 사람들과 다름없이 쌩쌩 달리면서 자유를 되찾고, (거의) 젊음도 되찾는 것이다. 나는 늘 내 차가 좋았다. 지금도 좋아한다. 하지만 이렇게 나날이 차가 좋아지고 차에 의지하게 되는 건 다리 말고도 다른 것들도 퇴화한 탓이니, 이제는 미뤘던 '그 생각'을 해야만 한다. 이 글을 쓰고 있는 현재, 여든아홉 번째 생일이 꼭 한 달 남은 지금, 지난 한 해 동안 내 차에 흠집이 세 개가 생겼음을 인정해야겠다. 그동안은 차라는 게 길에서 돌아다니는 물건이라 다른 사람들이 입힌 상처가 있긴 해도 그것 말고는 전혀 없었는데 말이다.

첫 번째 흠집은 뒤쪽이 아주 살짝 파인 건데, 그건 내가 폐기물 통 바로 옆에 주차하다가 폐기물 통 상단 테두리가 튀어나온 걸 생각 못 해 생긴 것이다. 두 번째 것은 손으로도 쉽게 펼 수 있는 거라 흠집이라 하기도 뭣한데, 조수석 쪽 미러가 단단한 것에 부딪쳐 차체에 거의 붙을 만큼 접힌 것이다. 앞쪽에서 오는 차량이 많은 좁은 도로에서 조수석 쪽으로 어느 정도 공간을 둬야 할지 제대로 계산하지 못해 생긴 것이다. 세 번째 흠집은 운전석 뒤쪽이 좀 심하게 긁히고 파인 것인데, 이건 몹시 부끄럽다. 차가 꽉 막힌 길을 한참을 운전해 가다가 날까지 어두워졌다. 하이드 파크 코너 쪽의 하이드 파크 호텔을 막 지나 하이드 파크 입구 쪽으로 방향을 틀었다. 그런데 그쪽 입구가 오래전에 영구 폐쇄된 걸 깜박해 닫힌 문에서 잘린 도로 구석에 갇혀버렸다. 양편으로는 차들이 주차돼 있고 가운데는 차량 진입 방지용 말뚝들이 박혀 있었다. 말뚝들 사이의 공간이 넓지 않은데다 날도 어두워 유턴하기가 쉽지 않았다. 뒤쪽에서 요란스레 달리는 자동차들의 헤드라이트 불빛이 줄줄이 이어져 후진해 빠져나가는 건 엄두도 나지 않고 유턴을 해야 할 것 같았다. 유턴을 거의 마쳤을 즈음 차 옆쪽으로 말뚝의 압력이 느껴졌다. 그래서 내가 어떻게 했을까? 바로 멈추고 후진해서 각을 넓게 잡고 다시 유턴한 게 아니라, '이대로 계속하면 심하게 긁히겠지만, 젠장, 알 게 뭐야!'라고 생각하며 그대로 밀어붙였다. 그러니까 그 흠집은 지칠 대로 지친 늙은이가 난처한 상황에 제 발로 기어들어간 어리석음에 당황해 허둥댄 결과였다.

하지만 이상하게도 내가 당한 최악의 사고는 내 탓이 아니었다. 지금 내가 살아 있다는 게 놀라울 정도로 큰 사고였는데 바로 올해 초의 일이다. 뉴마켓*을 우회하는 M11 도로는 차선이 세 개로 대다수 3차선 도로들처럼 가장 느린 차선은 시속 110킬로미터 이내로 달리는 대형차들로 가득 찬다. 그래서 승용차들은 대부분 다른 두 차선을 이용하고 그 두 차선에서는 제한속도보다 빨리 달려도 제지할 게 없어서 시속 130킬로미터에 가까운 속도로 달리게 된다. 나는 런던과 노퍽 간의 익숙한 길을 중간 차선을 따라 기분 좋게 달리고 있

---

* 경마로 유명한 잉글랜드 남동부 도시.

었다. 어느 차도 추월하려 하지 않고 왼쪽 차선의 대형 트럭들을 지나치며 다소 빠른 차량 흐름을 타고 단지 조금 빨리 달리고 있었다. 그런데 내 코가 그 대형 트럭들 중 하나의 꽁무니와 일렬이 되었을 때(거대한 트럭이 아닌 게 천만다행이었는데) 그 트럭이 들어온다는 의사 표시도 없이 중간 차선으로 홱 끼어드는 것이 아닌가. 나는 그 차를 들이받든가 아니면 급히 차선을 바꿔 추월 차선으로 들어가든가 해야 했다. 그러나 그럴 시간이 없었으니 무슨 결정을 내린 건 아니고, 그냥 본능적으로 급히 차선을 바꿨다. 그러자 꽝! 추월 차선에서 빠른 속도로 오던 차 하나가 내 차를 친 것이다. 몇 분이 지난 것 같았지만, 내 차가 한 차에 받혀서 다른 차 쪽으로 튀어 두 차량 사이에 끼게 된 것은 단 몇 초 사이의 일이었다. 그때 그 대형 트럭이 브레이크를 걸었고 다른 차는 앞으로 나아간 것 같았다. 한순간 '잘했어!' 하다가 나는 완전히 공포에 휩싸였다. 차가 이미 통제 불능이라 아무리 운전대를 잡고 있어도 아무 소용이 없었던 것이다. 내 차가 윙윙 소리를 내면서 도로를 가로질러 지그재그로 빙글빙글 돌며 완벽한 피루엣*을 선보이고 있는 가운데 갓길이 내 쪽으로 가

---

* 한쪽 발로 서서 팽이처럼 빠르게 도는 발레 동작.

137

까워졌다. 다행히도 풀밭이었다. 나는 거기 있었다, 그것도 역방향을 향한 채. 차량들이 요란스레 질주해 왔다. 다른 차는 한 대도 건드리지 않은 것이었다.

그 대형 트럭은 그대로 달려가버렸다. 내 차를 쳤던 차가 멈춰 서더니—그들은 얼마 정도 더 달리다가 옆 차선의 차량들을 건너서야 차를 세울 수 있었다—운전자의 남편이 나와 내 차 쪽으로 걸어왔다. 주소와 보험회사 정보를 교환하기 위해서였다. 남자는 친절했고 나를 걱정해줬다. 그 사람이 도착했을 때쯤 내가 정말로 운이 좋았던지 (살아난 것과 끔찍한 연쇄 추돌을 일으키지 않은 것 다음으로) 뒤에서 달려오던 구급차 운전자와 그 동료가 이 모든 걸 보고 가던 길을 멈췄을 뿐 아니라 경찰에 연락한 뒤 경찰이 올 때까지 족히 삼십 분을 내 곁에 있어줬다. "저 위에 있는 누군가가 당신을 보살펴주고 있군요!" 그 운전자는 경이로워하며 말했다. 그러면서 나 또한 상황에 잘 대처했다고 했는데, 내가 한 거라고는 브레이크를 밟고 싶은 걸 꾹 참고 버틴 것뿐이었다. 그날은 불볕더위에 차량들의 소음과 매연이 끔찍했는데, 그 친절한 두 남자가 없었더라면 충격을 받은 상태에서 그 반시간을 내가 어찌 견뎠을지 생각도 할 수가 없다. 그런데 충격에서 헤어나오지 못해 그들의 이름과 주소를 물어볼 생각도 못 한 것이

지금도 못내 아쉽다.

　첫 번째 경찰관이 도착하고 나니, 사태가 막연히 우스워져 가고 있다는 걸 서서히 알아차릴 수 있게 되었다. 경찰이 구급차 운전자한테 진술을 받아서, 내가 직접 상황을 묘사하지 않아도 됐다. 그런 다음 경찰은 교통을 멈추고 내 차를 돌려야겠다고 했다. (내 차의 양옆은 심하게 찌부러지고 파손 부위 가까이 있는 앞바퀴가 비뚤어지긴 했지만 정면충돌이 없어서 차체는 그나마 멀쩡했고 아직 움직일 수 있었는데, 나중에 새것이나 마찬가지로 수리됐다.) 그러고는 무전기를 쓰려고 했는데 무전기가 작동하지 않았다. 경찰은 괜찮다면서 곧 동료가 올 거라고 했다. 그리고 다른 경찰차 한 대가 다가와 섰다. 그런데 그의 무전기도 작동하지 않자 두 경찰은 몹시 당황했다. 오토바이를 타고 도착한 세 번째 경찰관의 무전기도 무용지물인 것을 보고 우리 모두는 전파 수신 불가 지역에 있다는 걸 알게 되었다. 운 나쁜 오토바이 경찰관은 교통을 멈췄다 다시 재개하고, 자동차 서비스 회사를 부르고(이건 헛일이었던 것이 자동차 서비스 회사는 고장만 처리할 뿐 사고는 다루지 않았다), 차를 견인해 수리해줄 회사를 뉴마켓에서 찾느라 몇 번이나 앞쪽의 가장 가까운 로터리까지 질주해 갔다가 다시 오토바이를 돌려 후방의 가장 가까운 로터리까지 질주한

다음 다시 우리가 있는 곳으로 돌아와야 했다. 다 무전을 치기 위해서였다. 경찰들은 하나같이 몸에 지닌 무선 장치를 무한 신뢰한 나머지 아무도 휴대전화를 갖고 있지 않았다. 구조차가 도착해 나를 뉴마켓에 있는 자동차 정비소에 데려다줄 때까지 나는 그 갓길에 한 시간 반 동안이나 머물러 있었다.

일단 자동차 정비소에 도착하고 나니 몸이 안 좋다는 게 확실히 느껴졌다. 충격이 가시자 온몸이 아팠다. 목적지까지 아직 80킬로미터 남짓 남아 있었기에 무료 차량을 제공한대서 수락했지만, 과연 내가 운전을 할 수 있을지 자신이 없었다. 사람들이 나를 보통 고객인 양 응대하는 그 조용한 사무실에 서 있는 게 어딘지 모르게 매우 비현실적이었다. 사실상 금속들이 뒤엉킨 곳에 갇힌 시체여야 할 사람인데. 주변에는 그런 충돌로 죽거나 다친 사람들이 널브러져 있고. 아무도 신경 쓰지 않는 것 같았지만, 나는 그렇게 이상하게 비현실적인 일에 대해 해명을 하고 싶은 기분이었다.

그때 불현듯 육십 년도 더 지난 일이, 전쟁이 시작됐을 무렵 매톡스 부인과 그녀가 가르치던 응급처치 수업이 어렴풋이 떠올랐다. 매톡스 부인은 우리 구역 간호사로 살집이 좋고 다부졌는데(세상에, 내 동생과 나는 그녀를 '궁둥이 부인'이라고 불렀다), 그녀의 임무는 적군의 침입에 대비해 마을 사람들을 준비시키는 것이었다. 매톡스 부인이 늘 말하기를, 충격을 받았을 때 제일 좋은 건 뜨뜻하고 달콤한 홍차라고 했다…. 그런데 내가 오도 가도 못 하고 서 있던 그 사무실 구석에 있는 게 뭐였는지 아는가? 홍차 끓이는 주전자였다. 그 옆 종이 컵에는 작은 설탕 봉지들이 들어 있었다. 정비소 사람들은 당연히 내가 직접 차를 탈 수 있게 해줬고, 나는 설탕을 네 봉지나 털어넣었다. 매톡스 부인의 말이 백번 옳았다! 반쯤 마셨더니 반짝 정신이 들었고 다 마셨을 때쯤에는 정상으로 돌아온 것 같았다. 일단 무료로 제공받은 차에 타고 나는 천천히 조심스럽게, 하지만 아무렇지도 않게 차를 몰았다. 그때 이후 그 끔찍한 사고는 내 신경에 거의 아무런 영향도 미치지 않아서 지금도 나는 나 자신에게 말한다. "이 정도로 튼튼한 신경을 가졌으니 앞으로 족히 일 년은 더 운전할 수 있어. 어쨌거나 여태껏 내 차만 상했지 사람들은 상하지 않았잖아."

불쌍한 배리

노년에 대해 이야기할 때면 다른 사람들이나 자기 자신을 우울하게 만들고 싶지 않다는 생각에 좀 더 기분 좋은 측면들, 이를테면 죽음을 받아들인다거나 젊은 사람들과의 끈을 놓지 않는다거나 새로운 일들을 해본다거나 하는 일에 초점을 맞추게 된다. 하지만 나는 내가 노년의 상당 기간을 나보다 더 나이 들었거나, 혹은 더 나이든 건 아니지만 늙음에 대한 저항력이 약한 사람들을 돌보거나 (더 나쁘게는) 제대로 돌보지 못하면서 보냈다는 이야기를 해야겠다. 모든 사람이 동일한 속도로 나이가 드는 건 아니라서 결국 대다수는 누굴 돌보거나 누구의 보살핌을 받게 된다. 전자가 후자보다는 분명 낫지만, 그렇다고 그 일이 즐거운 건 아니라는 사실을 딱히 나만 몰랐던 건 아닐 것이다. 아니, 어쩌면 나만 그런지도 모르겠다. 남 돌보기를 좋아하는 사심 없는 사람들이 확실히 있으니까. 그런 사람들에게는 그 일이 좀 더 자연스러울 것이다. 하지만 나는 오직 나와 같은 사람들에 대해서만 말할 수 있으니, 나 같은 사람들은 그쪽으로는 젬병이다.

이런 사실을 확실히 알게 된 건 배리 때문이다. 또 어느 정도는 내 친구 중 가장 나이가 많았던 낸 테일러 덕분이기도 하다. 낸은 최근에 죽었는데, 나와 다른 친구들이 함께 돌아가면서 이 년 남짓 돌봤으니 그 일에 완전히 매여 있었던 건 아니다. 하지만 배리는 내가 전적으로 돌봤다. 아니, 그래야만 했다.

배리와 나는 1960년에 만났다. 당시 그는 아직 결혼한 상태였고 거기서 벗어나고 싶어 했다. 아내를 사랑하지 않아서가 아니라, 늘 의심했으면서도 어리석게도 무시하려 했던 사실을 확신하게 되어서였다. 자신은 기질적으로 결혼에 맞지 않는다는 사실을. 배리는 소유하고 소유당하는 걸 몹시 싫어했다. 그냥 머리로만 그러는 게 아니라 세포 하나하나가 그랬다. 다른 여자들을 좋아하거나 사랑한다고 아내를 덜 사랑하는 건 아님을 확신했기에, 자신과 뜻이 다른 아내의 생각을 타당하다고 여길 수가 없었다. 그리하여 아내를 속일 수밖에 없었는데 그건 그로서도 내키지 않는 일이었다. 자신이 옳다는 확신이 남들보다 강하긴 했어도 사실상 불성실한 남편의 전형이었던 배리는, 누군가의 유일한 존재가 되고 싶어 하는 그 최우선시되는 욕구를 강박적이고 건강하지 못하며 수많은 질병을 낳는 원인이라 굳게 믿었다.

그리고 당시 마흔셋(내가 배리보다 여덟 살 연상이다)이었던 나도 그와 생각이 비슷했다. 나는 크게 안도하며 낭만적인 사랑에 등을 돌렸고, 결혼하지 않은 것에 너무 익숙해져 대안을 상상하기 어려웠다. 상상할 수 있다 해도 흥이 나지 않았다. 그랬기에 우리는 결혼 생각 따윈 전혀 없이 만났다. 그저 서로를 좋아하고 육체적으로 끌렸고, 무엇이 좋은 글이고 좋은 연기인지(배리는 희곡을 썼다)에 대한 생각이 같았기 때문이었다. 우리 둘 다 명료함과 자연스러움을 가장 중시했다. 그 시절 우리는 많은 것에 대해 함께 얘기를 나눴다. 배리가 말하기를 아내와 헤어지면 다시는 결혼하지 않을 거라는 사실만큼은 분명하다고 했는데, 그걸 듣고 내가 안도했던 기억이 난다. 죄책감을 느낄 필요가 없겠구나 싶어서였다. 어쨌거나 당분간 그의 빨래를 해주고 밥을 차려줄 누군가가 있다는 사실을 알고 나니 마음이 놓이기까지 했다. 푸딩을 처리할 필요 없이 사랑이라는 건포도만 쏙 빼먹을 수 있었으니까. 젊은 시절 허황된 낭만적 사랑에 그토록 쩔쩔매고 나서야 누군가의 정부로 사는 게 내게 딱 맞는 일이라는 사실을 분명히 알게 되다니 놀라웠다. 우리 관계는 갈수록 견고해졌고 오래갈 것 같다는 생각이 갈수록 명백해졌다. 집착이라기보다는 사랑하는 친구 사이에 가까운 우리의 관계는 결코 바뀌지 않았다.

마침내 결혼이 깨져(편의상 나를 핑계 삼아도 좋다고 했지만 나 때문은 아니었다) 배리는 혼자 살기 시작했다. 그런데 배리는 혼자 사는 데 영 서툴렀다. 배리가 정확히 어떻게, 왜 내가 사는 아파트로 들어와 함께 살게 됐는지는 기억나지 않지만 우리의 연인 관계가 끝난 후였던 것 같다. 맞다. 따분할 정도로 기억을 파헤치며 조각들을 맞춰보니 확실하다. 그런데 아주 천천히 애정에서 우정으로 옮겨갔기에 정확히 그때가 언제였는지는 확인할 수가 없다.

하지만 배리가 언제부터 아팠는지는 정확히 생각난다. 2002년 1월이었다. 실제로 그의 당뇨병이 시작된 건 그 이전부터였는데, 물론 노년에 닥친 것보다 증세가 약하긴 했지만 배리는 처음엔 깨닫지 못했다. 게다가 그를 진찰한 의사가 그걸 가볍게 보고 약과 적절한 식이요법으로 쉽게 관리할 수 있으니 걱정하지 말라고 했다. 의사의 충고에서 배리가 주의를 기울인 대목은 '걱정하지 말라'와 '약'뿐이었다. 배리는 자기가 할 일이라고는 약을 먹고 병에 관해서는 잊어버리는 것뿐이라며 나와 스스로를 안심시켰다. 닥터 X가 그렇게 말했다면서. 닥터 X. 나중에 일어난 일을 감안하면 내가 그 의사의 이름을 진짜로 잊어버린 건 그 여의사와 내 출판사 그리고 나 자신을 위해 다행스러운 일이다. 배리는 나와 함께 살기 전 건강 상태가 좋았을 때 그 의사가 쓴 책들을 재밌게 읽고 그녀를 좋아하게 됐다. 그리고 나는 심한 경우 인슐린 주사에 의존해야 한다는 사실 말고는 당뇨병에 관해 아는 바가 전혀 없어, 주사를 맞을 필요는 없을 거라는 배리의 말에 마음을 푹 놓고 그가 어리석은 짓을 하는 것도 모르는 채 빈둥거리게 기꺼이 내버려두었다.

내가 배리의 어리석은 짓을 인지하지 못했던 건 그의 아내가 겪어냈던 한 번의 응급 사태 말고는 그의 건강 상태가 결코 좋지 않다는 사실을 몰랐기 때문이다. 내가 아는 한 그는 감기나 두통 혹은 소화불량조차 앓은 적이 없는 사람이었다. 다른 사람의 병에 대해서도 지극히 단순한 반응을 보였는데, "암이래?" "죽는대?" "아프대?" 같은 건 꼭 물어봐도 대답을 듣고 나면 그만이었다. 그런데 한참이 지나서야 나는 배리 자신은 의사에게 진찰을 받으면 고통의 문제에만 관심이 있다는 사실을 알게 되었다. 배리는 내가 아는 누구보다 아픈 걸 못 참았다. 배리는 아프면 의사에게 아프지 않게 해달라며 난리 법석을 피웠다. "모르핀을 달라!"고 우겼고 안 주면 폭력으로 간주했다. 나중에 알고 보니 그런 습관은 아내가 함께했던 그 응급 사태 때 장이 꼬여 엄청 고통스러웠는데 그 병원 의사로 있던 케임브리지 대학원 시절의 친구가 몰래 모르핀을 조금 갖다줘 편안해진 뒤로 생긴 것이었다. 모르핀은 그를 더할 나위 없이 평온한 행복에 잠기게 해줬을 뿐 아니라 치료까지 해줬다. 아니, 그래 보였다. 그때 이후로 배리는 조금만 아프면 모르핀을 요구했고 다른 문제는 생각도 못 하게됐다. 의사나 간호사, 아니면 다른 누군가가 식이요법에 관해 충고하려 들거나 단순한 진통제 말고 다른 치료법에 대해 설명이라도 할라치면 신경을 꺼버리는 게 눈에 훤히 보였다. 그의 안에 있는 뭔가가 이런 결정을 내리게 하는 것 같았다. '지루한데다 불쾌하기까지 한 충고일 텐데 귀를 막아버리자.' 그러면 그것으로 끝이었다.

배리는 오래 빈둥거리지 못했다. 2002년 1월 초에 닥터 X는 배리를 왕립자선병원으로 보냈다. 페니스에 무슨 소소한 치료를 받으라며. 그리고 이틀 후 배리의 비뇨기는 작동을 멈춰버렸다. 독자 여러분을 배려해 그 과정을 기술하지는 않겠는데, 그건 극심한 통증을 야기하는 것이라 우리는 한밤중에 구급차를 불러 응급실로 가야 했다. 그곳에서 우리는 의사가 배리에게 도뇨관을 달아주기까지 네 시간을 기다렸고, 그 사이 그의 고통은 갈수록 심해졌다…. 전립선에 생긴 그 특별한 문제를 해결해준 간단한 수술을 받기까지 배리는 복잡한 이유로 석 달이나 도뇨관을 달고 지내야 했다. 도뇨관을 달아본 사람이라면 기본적으로 따르는 불편함과 창피함쯤은 별것 아니라는 사실을 곧 알게 된다. 고통스러운 감염이 빈번하게 발생하니까. 불쌍하게도 우리는 구급차를 불러 타고 응급실로 가 암울한 몇 시간을 보내고 오는 데 곧 익숙해졌다. 하지만 마침내 수술을 받으러 오라고 불려갔다가 마지막 순간에 심장이 수술을 견뎌낼 수 없다는 이유(다행스럽게도 나중에 수수께끼처럼 사라져버린 이유)로 수술이 취소되고는 다음 일에 대해선 일언반구도 듣지 못하고 집으로 돌아와야 했을 때, 그때는 정말 최악이었다. 병원에서 아무런 정보도 얻을 수 없어 절망스러운 마음에 나는 닥터 X에게 전화를 걸어 물었다. "아니, 그럼 배리는 남은 평생 도뇨관을 달고 살아야 하는 건가요?" 그에 대한 의사의 대답은 이랬다. "불쌍한 배리. 유감스럽게도 그런 경우도 간혹 있답니다."

몇 주 뒤 우리는 배리의 치료와 관련해 병원에서 보낸 서류가 그 여의사의 책상 위에 미개봉 상태로 놓여 있었다는 걸 알게 되었다. 무슨 사연인지 결코 알아내지는 못했지만 우리가 보기에 우리의 유일한 희망이었던 그 의사는 그야말로 사라지는 중이었다. 얼마 동안은 배리의 당뇨 약을 타러 그녀의 병원에 가면 약이 준비되어 있었다. 예전에 내가 다니던 병원에 비하면 정말 좋은 병원이라고 잠깐이나마 생각한 적도 있었다. 기다리지 않아도 되니까. 나 말고 왜 다른 사람은 거의 안 보이는지 의심해보지도 않고 말이다! 그때 누군가가 그 의사를 봐야겠다고 했다면 이런 대답을 들었을 것이다. "오늘은 선생님이 안 계십니다. 내일 오후에 한번 와보세요." 그럼 다른 의사라도 볼 수 없느냐고 하면? "유감스럽게도 그분도 연락이 안 됩니다"라는 대답을 들었을 테고. 아마도 그런 말들이 이어지다 끝내는 "이 병원에는 의사가 없어요!"라는 히스테리에 가까운 비명을 들었을 것이다. 어느 순간 나는 내 주치의에게 진료를 받는 게 좋을 거라며 배리를 설득했다. 그래서 배리가 수술을 조금이라도 빨리 받게 된 건 아니지만.

한창 휘청거리던 국립의료원에서 몇 달을 보내고 닥터 X까지 겪고 나니 배리와 나는 좀비 같은 상태가 되어버렸다. 우리처럼 배울 만큼 배우고 알 만큼 아는 늙은이들도 이랬는데 우리보다 못한 노인들은 무슨 일을 당할지 누가 알겠는가. 마침내 우리가 뭘 하고 무슨 말을 하든 아무 소용 없을 거라는 생각이 들었다. 누구도 우리에게 어떤 말도 안 해줄 테니까. 설령 어떤 말을 해준들 우리는 바보같이 그 말을 그대로 믿을 터였다. 그래서 비참하게도 두 손 놓고 주저앉아 뭘 아는 사람이 나타나주기만을 바라고 있었다. 우리를 구해준 건 사랑하는 샐리였다. 샐리는 런던까지 올라와 할리 가에 있는 전문의에게 전화해 국민의료보험 대상자가 아닌 개인 부담 환자로 배리의 진찰 예약을 해주었다. 세상에나, 225파운드라는 돈이 만들어내는 차이라니! 한 무리의 하얀 가운들에 둘러싸여 저 멀리 복도를 돌아 사라지던 그 신비로운 인물이 우리의 모든 질문에 명쾌한 설명을 곁들이며 기꺼이 답변해주는 유쾌하고 배려심 넘치는 사람으로 바뀐 것이다. "아니, 아니, 아니에요, 당연히 배리는 평생 도뇨관을 달고 살지 않을 겁니다. 그런 일은 거의 없어요. 게다가 이 경우에는 절대 그럴 일 없습니다." 수술이 지체되는 건 심장 전문의와의 협의 없이는 수술을 할 수 없기 때문이었다. 보통 마취제를 쓸지 경막외주사를 쓸지 심장 전문의가 결정해줘야 하는데 그가 지금 휴가차 멀리 가 있어 석 주 후에나 돌아온다는 것이었다. 진료를 받고 집에 와서야 휴가가 뭐 그리 엄청나게 기냐는 생각이 들었다. 최고의 전문의가 우리와 얼굴을 맞대고 앉아 우리를 이성적인 성인으로 대우하면서 묻는 질문에 일일이 답변해주니 감격에 겨워 우리가 이성을 놓아버린 것이다. 병으로 인한 굴욕감은 깊었다. 우리는 여전히 좀비였고 그 순간 잠깐 행복한 좀비가 되었을 뿐이었다.

석 주는 다섯 주가 되어갔고 그 시간은 정말 길었다. 나는 조바심이 나서 몇 차례나 전화를 했다(마침내 그 전문의가 내일은 수술을 할 거라면서 골을 내며 덧붙였다. "내일은 어떻게든 수술을 할 생각이었어요. 이런 전화를 받아서가 아니라." 그 말을 듣고 나니 내가 이렇게 전화를 해대서 수술하게 된 게 아닐까 하는 생각이 잠깐 스쳤다). 수술은 성공이었다. 상처가 아무는 데 몇 주가 걸렸고 여러 차례 감염을 이겨내야 했지만. 그러나 배리는 다시는 건강을 회복하지 못했다.

이 모든 일을 겪는 동안 나는 전에는 한 번도 해보지 않은 일을 했다. 일기를 쓴 것이다. 보통 일기처럼 날마다 쓴 건 아니고 가끔 가다 한 번씩 많은 분량을 띄엄띄엄 썼는데, 회고적인 글이라 배리와 나 사이에 있었던 일을 지금 내가 쓸 수 있는 것보다 더 잘 보여준다.

배리와 시작할 때, 또다른 유부남과 그렇게 빨리 그렇게 열정적으로 사귀게 되어 잠시나마 양심의 가책을 느꼈는지 어땠는지는 기억나지 않는다. 아마 그랬을 것이다. 하지만 그에겐 그를 보살펴줄 유능하고 좋은 아내가 있으니 내가 걱정할 일이 없어 얼마나 **마음이 놓이는지** 하고 생각한 건 확실히 기억난다. 그리고 배리의 아내가 그를 차버린 후 결국 함께 살게 되었을 때도, 그렇게 '보살필 필요가 없는' 건 여전했다. 그즈음에는 우리가 성적으로 열기가 식은데다 그가 나보다 더 '결혼 상태'를 원하지 않아 남녀가 가정을 꾸렸다기보다는 친구끼리 한 아파트를 같이 쓰기로 한 것에 가까웠다. 가령 내가 그의 세탁물을 빨아줘야 하는지에 대한 어떤 의문도 들지 않았고, 그 역시 늘 음식을 기꺼이 함께 만들었다. 최근 몇 년 사이 그의 별난 성격이 좀 지겨워지기 시작했지만 그건 분명 나도 마찬가지여서, 이전보다 우리가 각자 더 자기 멋대로 지내긴 했어도 지금껏 서로를 참지 못한 적은 없었다. 처음 팔 년가량은 서로에게 많은 걸 요구하지 않는 편안하면서도 즐거운 관계를 유지했는데, 그런 관계는 분명 흔치 않으리라. 그 이후로도 서로에게 바라는 게 없는 편안한 관계를 사십 년 가까이 만족스럽게 유지했으니!

그랬는데 배리의 전립선에 문제가 생긴 것이다. 비록 그를 돌보지 않는 습관이 몸에 배어 있었다 해도 누군가의 비뇨기관이 작동을 하지 않는다는데 **나 몰라라 할 수는 없는** 일.

999에 전화해 구급차를 불러야 했던 그 끔찍한 밤을 기점으로 우리는 돌보는 일을 해야 하는 상황에 놓이게 됐다.

나는 그를 위한 일들을 하거나 그를 걱정하느라 많은 시간을 보내야 하는 게 당혹스럽긴 했지만 마땅히 해야 할 일이라는 것에 대해서는 한순간도 의심하지 않았다. 당혹스러웠던 건 사실이다. 하지만 그것은 얼핏 느낀 감정이었을 뿐, 마음 깊숙한 곳에서는 할 일은 해야 한다고, 그게 당연하다고까지 생각했다.

내가 그 상황을 얼마나 잘 받아들였는지 나 자신도 몹시 놀랐다. 언젠가 그가 병원에 입원했을 때 변비에 걸린 적이 있었다. 당시 달고 있던 도뇨관이 좋지 않아서 사소한 자극에도 경련을 일으킬 정도로 통증이 극심해 배리는 몸을 움직이는 데 몹시 겁을 냈다. 정말이지 꼼짝도 안 했다. 결국 병원에서 변비약을 처방했는데 내가 그날 오후에 갔더니 간호사가 말했다. "화장실에 모시고 가려고 해봤지만 당신이 오실 때까지 안 가겠다고 했어요." 내가 침대에 다가가자마자 배리가 말했다. "당신이 와서 다행이야, 이제 뒷간에 갈 수 있겠네." (독자 여러분을 배려해 몇 줄에 걸친 상세한 묘사는 삼가고 거의 끝 장면만 이야기하겠다.) 다행히 화장실에는 크고 질긴 종이 타월이 많았고 그 종이들을 버릴 뚜껑 달린 큰 쓰레기통과 다량의 뜨거운 물도 있었다. 그를 씻기고 변기와 바닥을 청소하는 건 어렵지 않았다. 내가 깜짝 놀란 건 그 일이 그렇게 싫지 않았다는 거였다. 움찔거리지도 않았고 역겹다는 느낌도 전혀 없었다. 그런 일을 애쓰지도 않고 직업 간호사처럼 사무적으로 처리하는 **나 자신을 지켜보는** 그런 기분이었다. 그러면서도 그 사실이 놀라웠고, 사실 아직도 그런 기분이다. 그런 일을 했다는 게 아니라 그런 일을 수고스럽지 않게 했다는 것. (배리는 다시 침대로 돌아와서는 내가 거기 있었던 게 참 다행이라고 했다. 나는 좀 신랄하게, 간호사하고도 화장실에 아주 잘 갔을 거라고 대꾸해줬다. 그러자 그가 말했다. "그래, 하지만 덜 좋았겠지"!!!) 그 일을 겪고 나자, 그렇게 오랜 세월이 흐른 뒤에야 내가 아내의 역할로 옮겨갔음을 깨달았다. 그 사실을 깨닫고 다행스럽게도 오랫동안 그런 일을 면제받았으니 이제 푸딩의 맛을 보는 게 공평할지도 모르겠다는 생각이 들어 나는 더 이상 '내 멋대로' 살지 못하는 것에 그렇게 신경 쓰지 않기로 했다. 하지만 언제든 그런 의무감에서 벗어나 내 멋대로 사는 건 얼마나 좋은지!

그렇게 아내의 역할로 자동으로 옮겨간 건 오히려 다행이었다. 그때 이후로 계속 그렇게 살아야 했으니까. 배리의 전립선 문제는 해결됐지만 당뇨병은 더 심해져 이내 인슐린 주사까지 맞아야 했다. 배리가 알아서 주사를 놨기에 나로서는 안심이었지만 상태는 전혀 좋아지지 않았다. 대다수 당뇨병 환자들은 일단 치료 방법이 결정되고 적절한 식이요법을 배우고 나면 정상적인 삶을 살 수 있는 듯한데, 배리는 늘 기진맥진해서 거의 침대를 벗어나지 못했다. 아마도 올바른 식이요법을 지키려는 노력을 전혀 하지 않은 탓일 것이다. 나로서는 그가 먹는 음식들을 엄격하게 통제할 수가 없었다. 그리하여 나는 죄책감이 들었는데, 그렇다고 일을 만들어 할 만큼 죄책감이 깊진 않았다. 그의 섭식을 통제하려면 요리를 굉장히 많이 해야 할 뿐 아니라 그가 좋아하지 않는 것들을 억지로 먹여야 하는데, 여태껏 그 일을 해낼 수 있는 사람은 아무도 없었다…. 그가 좋아하는 걸 먹지 못하게 자연스레 케이크나 달콤한 과자 같은 걸 사지 않았더니 누워만 있던 이 남자가, 읽을거리를 마련해주기 위해 일주일에 서너 번 차에 태워 도서관에 데려다줘야 하는 이 남자가 글쎄, 내가 나가면 한순간의 망설임도 없이 커피케이크와 도넛을 사려고 제 발로 걸어 가게로 갔고 이런 바보짓을 혈당이 하늘까지 치솟아 몸 상태가 바닥이 될 때까지 계속하는 것이었다. 그러다가 혈당 수치가 그렇게까지 나쁘지 않은 수준으로 떨어지면(결코 좋았을 때가 없었다) 또다시 분별력을 잃고 어리석은 짓을 되풀이했다. 하지만 지방을 끊으려고 커피에 엄청난 양의 더블 크림을 못 넣게 하는 일은 그야말로 불가능한 일이었다. 나만큼이나 배리를 잘 알았던 샐리와 그녀의 딸 제서미도 배리를 통제할 수 없었고, 그 문제에 관해서는 내가 할 수 있는 일이 아무것도 없다고 말해줘 다소 위로가 되었다. 그래도 결국 떠맡게 된 '아내' 역할을 제대로 하지 못하고 있다는 느낌은 여전히 지울 수가 없다.

우리의 주된 문제는 그가 기운이 없다는 것이다. 배리 자신이 그렇게 말했는데, 어쩌나 기력이 쇠했는지 거의 만사에 흥미를 잃어버렸다. 그 지적인 남자가 범죄소설 말고는 아무것도 읽지 않았고 그마저도 끝까지 읽지 않는다. 도서관에 가면 서가에서 그런 책들만 대충 골라 와서는 다음 날이면 반납하고 싶어 한다. '읽을 만한' 책이 아니라며(세상에나!). 다른 책을 갖다 줘도 "굳이 읽고 싶지 않다"고 한다. 텔레비전도 스포츠 말고는 '굳이' 보고 싶어 하지 않았는데 그마저도 점점 덜 보게 되었다. 그의 방에 들어가면 텔레비전은 켜져 있는데 그는 누워서 딴 데를 보고 있는 경우가 요즘 들어 부쩍 잦다. 이제는 더 이상 먼저 말을 걸어오지도 않고 말을 걸어도 그래, 아니, 로만 대답한다. "오늘 저녁은 뭐야?" "도서관에 데려다줄 거야?"라는 말 외에는 며칠씩 한마디도 않고 지내기도 한다. 이건 그에게 남은 유일한 즐거움이 음식이라는 뜻이어서, 그런 그에게서 좋아하는 음식을 뺏어버리는 건 잔인한 처사 같다. 그래서 가끔은 이렇게 있는 대로 쪼그라든 인생인데 도넛 좀 먹고 짧아진들 뭐 그리 대수겠나 싶은 생각이 드는 걸 어쩌할 수 없다.*

2006년 여름, 배리가 잠시나마 예전의 그로 돌아간 일이 있었다. 로열코트 극장**의 시어터 업스테어스 공연장에서 1960년대에 그 극장을 유명하게 만들어준 희곡들의 낭독 시간이 마련되었는데, 그의 희곡 〈게으름뱅이들Skivers〉도 포함됐다. 첫 상연 때 감독을 맡았던 팸 브라이턴Pam Brighton이 이 낭독회를 감독했고, 로열코트 극장의 캐스팅 감독이 젊은 배우들(그 희곡의 인물들 대부분이 남학생이다)을 멋지게 캐스팅했다. 낭독회를 보러 갈 생각에 우리는 흥이 났지만 어찌 될지 전혀 짐작이 가지 않았다. 그러다 몇 분도 채 지나지 않아 객석을 꽉 메운 관객들이 낭독회가 아니라 뛰어난 연극 한 편

---

* 이 글을 쓰고 난 후 그가 당뇨병 외에 심각한 심장병도 앓고 있음이 밝혀졌다.(원주)
** 1870년 문을 연 영국의 비영리 극장.

을 제대로 보고 있다고 착각할 만큼 낭독회가 성공적으로 진행되자 얼마나 영광스럽고 놀랍던지. 관객들의 반응은 희곡 작가라면 누구나 바랄 만큼 뜨거워서, 마지막에 배리가 공연 관련자 모두에게 감사 인사를 하려고 무대에 올랐을 때(어찌나 작고 늙어 보이던지) 그가 목이 멘 채 "이 연극을 또다시 보게 될 줄은 꿈에도 생각 못 했습니다"라고 말하자 관객들 모두가 그를 향해 일어섰다. 샐리와 나는 울었고, 그의 연극을 본 적도 없는 제서미와 뷰챔프는 기뻐서 날뛰었다(제서미는 "이건 내가 본 연극 중 최고야"라는 말을 계속 되뇌었다). 그리고 연극이 끝난 후 술집에서 열린 뒤풀이는 오랜 친구들끼리 요란뻑적지근하게 논 매우 즐겁고 행복한 파티였다. 하지만 집으로 돌아가는 택시 안에서 내가 "다시 시작한 거라고 볼 수 있을까?"라고 묻자 배리는 차분하게 대답했다. "아, 그런 건 아니야." 그리고 그의 말이 옳았다.

우리는 다시 슬프고도 지루한 생활로 돌아갔다. 가끔씩 나 자신에게 묻는다. 무엇이 나를 버티게 하는 걸까? 분명 다른 수많은 노부부들이나 부부처럼 사는 커플들도 상황이 비슷할 텐데 매일같이 이렇게 기계적으로 서로를 돌보며 살아갈까? 한 가지 답변밖에 생각나지 않는데, 이렇게 비유해볼 수 있겠다. 식물을 보면 뿌리와 그 뿌리에서 자라난 줄기 끝

에 달린 꽃이나 열매는 전혀 비슷한 구석이 없어 보이지만 그
것들은 모두 같은 식물의 부분이다. 그렇듯 사랑과 그 사랑에
서 자라난 의무감도 정말이지 비슷한 구석이라곤 없지만 그
역시 같은 것의 부분이 아닐까. 그렇지 않다면 어떻게 그 두
가지가 그렇게 쉽사리 엮일 수 있겠는가. 그렇게 달갑지 않은
데? 이런 경우에는 대안들 중에서 선택하는 게 아니다. 대안
이 있는 것 같지 않으니까. 매우 헌신적인 사람이라면 그런 의
무를 훌륭히 수행하는 데서 만족을 얻을 것이다. 이기적인·
사람이라면 그런 의무를 행하면서도 되도록 많은 탈출구와
보상을 마련하면서 버텨나갈 테고. 썩 훌륭한 해결책은 아니
지만 그런 것에 기대는 늙은이가 나 하나만은 아닐 것 같다.

소설 읽기가 시들해졌다

나의 탈출구는 정원 가꾸기, 그림 그리기, 빈둥거리기, 그리고 책이었다. 책은 내가 가장 애용하는 탈출구로, 나는 책을 읽고 서평을 쓰고 또 책을 썼다(이 특별한 직업의 새로운 용도라고나 할까). '새로운 용도'라고 했지만 내게 새롭다는 의미일 뿐이다. 지금 제니 우글로_{Jenny Uglow}*가 쓴 개스켈 부인**의 생애***를 읽는 중인데, 책 쓰기를 탈출구로 이용하는 방법을 완벽하게 구사한 사람이 있다면 개스켈 부인일 것이다. 적어도

---

* 영국의 전기작가(1974~).

** Elizabeth Cleghorn Gaskell, 영국의 소설가(1810~1865).《남과 북》을 썼다.

*** 《Elizabeth Gaskell: A Habit of Stories》, Faber & Faber, 1993.

열 사람분의 에너지를 타고난 행운을 누린 그녀에게는 기꺼이 그리고 심지어 즐겁게 받아들여 요령껏 감당해낸 의무가 있었는데, 그건 결혼을 하고 엄마가 되면서 생겨난 의무들이었다. 그녀는 남편에게도 딸들에게도 불평할 빌미를 주지 않았고, 그렇게 열심히 바쁘게 살면서도 어떻게든 자신만의 시간을 내어 책을 썼다. 아니, 어쩌면 여기서 중요한 건 자기만의 시간을 만드는 게 아니라 부족하나마 그런 시간이 생기면 자신이 원하는 일에 온전히 몰두할 수 있는 능력이었을 것이다. 그녀처럼 활력 넘치는 사람이 걸핏하면 단조로운 인물로 여겨지다니 이상한 일이다. 활력이 넘친다는 건 많은 이들이 부러워하는 특성이다. 갈수록 기운이 달리는 건 노년의 가장 지겨운 현상 중 하나인데, 가끔은 다시 옛날로 돌아간 것처럼 '정상으로 돌아왔구나' 싶은 때가 있지만 절대 오래가지 않는다. 그저 뒤로 물러나 일을 덜 해야 한다. 아니, 무슨 일을 하건 예전보다 더 자주 쉬어야 한다. 내 경우에는 내가 제일 덜 하는 일이 내가 좋아서 푹 빠지는 일이 아니라 내 동반자에 대한 의무일까봐 걱정이다.

서평은 〈리터러리 리뷰Literary Review〉에 가장 자주 쓰는데 생활비를 대기에는 보수가 턱도 없이 적지만 즐거운 일이다. 레베카 웨스트Rebecca West*가 언젠가 〈파리 리뷰Paris Review〉와의 인터뷰에서 말했듯 서평을 쓰면 "책에 진실로 마음을 열게 되기" 때문이다. 또 서평을 쓸 일이 없었더라면 읽지 않았을 책들도 읽게 된다. 가령 프레더릭 브라운Frederick Brown이 쓴 아주 두툼한 플로베르 전기 같은 책들 말이다. 만일 그 책을 동네 서점에 들렀다가 봤다면(요즘은 서점들이 하나같이 살아남으려고 '분투'하는 티를 낸다는데, 다행히도 그 서점은 전혀 그렇지 않다) '흥미로워 보이긴 하는데 너무 두껍네. 내 책꽂이에는 얇은 책 꽂을 공간도 없는데. 어쨌거나 플로베르에 대해서는 이미 많이 알고 있잖아' 하고 생각하고 신간 페이퍼백 쪽으로 발길을 돌려버려 진정한 독서의 즐거움을 만끽할 기회를 놓쳤을 것이다. 그리고 거트루드 벨Gertrude Bell**이 쓴 책들 역시 읽지 못했을 것이다. 왜 나는 그녀의 작품이나 그녀에 관한 책을 읽고 싶지 않았을까? 프레야 스타크Freya Stark***를 좋아하고 T. E. 로런스Lawrence는 별로 좋아하지 않으면서도 당연히 읽어야 할 작가로 여겼는데 말이다. 부끄럽게도 그건 단지 그녀의 이름 때문인 것 같다. 거트루드. 나는 이 네 글자의 추한

---

* 영국의 소설가, 비평가(1892~1983), 《생각하는 갈대》를 썼다.

** 이라크 건국의 입안자 역할을 했고 '이라크 무관의 여왕'이란 별명으로 잘 알려진 영국의 정보원이자 고고학자, 작가(1868~1926).

*** 20세기 초 제국주의 열강의 각축장이었던 중동 지역을 여행한 영국 여성.

이름을 들으면 늘 험악하고 촌스럽고 불쾌한 여자의 모습이 떠오른다. 〈리터러리 리뷰〉가 서평을 부탁하지 않았다면 조지아나 하월_{Georgina Howell}이 쓴 벨의 전기를 집어들 일은 없었을 것이다. 그런데 돌연 참으로 특별한 여성을 만나게 된 것이다. 세상에서 가장 매혹적인 곳으로, 스릴 넘치는 현대사로 안내하는 여인을. 지금까지 그녀에 대해 전혀 몰랐다는 게 어처구니없었지만, 여든아홉의 나이에 이렇게 남의 손에 이끌려 놀라운 인물을 만나게 되다니!

(잠시 이 늙은이의 횡설수설을 들어준다면, 거트루드라는 이름이 왜 불쾌하고 촌스럽게 여겨지는지 나도 잘 모르겠는 이유를 말해보겠다. 그건 내가 아는 사람 중에 거트루드라는 이름을 가진 사람이 내 이모할머니밖에 없기 때문이다. 그분은 촌스러운 게 아니라 희극이 가미된 비극의 분위기를 풍겼다. 그분은 옥스퍼드 유니버시티 칼리지의 학장인 브라이트 박사_{Dr. Bright}의 아름다운 네 딸 중 하나였다. 브라이트 박사는 홀아비로 처제의 도움을 받아 네 딸을 길렀고, 자신이 지도한 대학원생들 가운데서 적당한 신랑감들을 골라 딸들의 혼사를 전반적으로 잘 치러주었다. 하지만 거티의 경우는… 사랑에 빠져 약혼했던가 거의 약혼 직전까지 갔던가 했는데, 상대는 대학원생이 아니라 박사과정을 끝낸 유니버시티 칼리지의 연구원이었다. 그런데 어느 날

아침식사 시중을 드는 하녀가 학장의 서재 문을 두드리더니, 아래층에 한 숙녀가 어린 남자아이를 데리고 와 있는데 만나 뵙길 청한다고 알렸다. 학장이 "들어오라고 해요"라고 말하자 하녀는 그 말을 따랐고, 숙녀는 문으로 들어오자마자 방한용 토시에서 재빨리 총을 꺼내 학장을 쏘았다. 나중에 학장은 동료에게 "다-다-다행히도 여-여-옆쪽을 쐈어"라고 말했는데[그는 유명한 말더듬이였다], 총알은 그의 비대한 몸을 스치기만 했을 뿐 관통하진 않았다. 밝혀진 바에 따르면 그 숙녀는 연구원의 아내였다던가 그의 아내가 될 사람은 당연히 자기라고 생각했다던가 했단다. 이 이야기는 한참이 지나서야 내 사촌 가운데 가장 나이가 많은 이에게 숨죽인 속삭임으로 전해졌고 또 한참이 지나서야 우리가 그 사촌에게 전해 들었기에 상세한 내용은 약간 흐릿한데, 나중에 그 일이 그 대학 역사에서 유명한 사건이라는 걸 알게 되었다. 거티는 얼마 후 주교와 결혼해 분명 끔찍한 충격이었을 그 사건에서 회복되었지만, 우리 할머니와 다른 자매들은 아주 편안해 보였던 반면 그분은 늘 좀 위태위태하고 불만스러워 보였다.)

다시 책 이야기로 돌아가자. 나이가 들면서 나는 소설에 흥미를 잃었다. 이유는 모르겠는데 다른 노인들도 많이들 그러는 것 같다. 젊었을 적에는 소설 말고는 다른 건 거의 읽지 않았고 출판인으로 일한 오십 년 내내 소설은 나의 최우선 관심사여서 재능 있는 소설가의 첫 작품만큼 설레는 것도 없었다. 물론 감사한 마음으로 기억되는 소설도 많고 경외감으로 기억되는 소설들도 있다. 그리고 아직도 감탄하면서 읽는 작품들도 있다. 하지만 요즘 들어서는 잘 썼다거나 재미있다고, 아니면 독창적인 솜씨라고 인정받는 작품일지라도 아주 깊이 들어가기 전에 '이 책을 계속 읽고 싶은가?'를 자문하게 되는데, 그 대답은 '아니다'이다.

소설은 여러 가지 방식으로 독자를 붙든다. 스릴이나 이국적인 것을 제공해 일상에서 벗어날 수 있게도 해주고, 풀어야 할 수수께끼를 던지기도 하고, 몽상의 소재들을 제공하고, 인생을 돌아보게도 해주고, 자신과는 다른 삶들을 보여주고, 인생을 판타지로 볼 수 있는 대안을 제공하기도 한다. 또 소설은 우리를 웃기기도 하고 울리기도 하고 놀라움에 숨 막히게도 한다. 또 최고의 책들은 독자를 완벽히 현실처럼 보이는 세계로 데려가 생생한 경험을 하게 해준다. 《미들마치 Middlemarch》를 처음 읽었을 때, 끄트머리 몇 장을 남겨두고 내 기분이 어땠는지 생생하다. '아, 안 돼, 곧 이 세계를 떠나야 한다니, 정말 싫어!'

나는 스릴러물이나 추리물이나 판타지에 열광했던 적은 없지만 십대 때는 한동안 백일몽 같은 책들을 닥치는 대로 읽었다. 그때는 내가 '완전한 세계들'로 이행하기 전이었는데, 그런 책을 찾을 수 있다면 지금도 내가 가장 좋아하는 책은 그렇게 완벽하게 현실처럼 보이는 세계를 그린 책들이다. 하지만 1950년대와 1960년대에는 나 자신의 인생이 어느 정도 반영된 소설들 쪽에 관심이 쏠렸다. 만약 그 소설들이 나와 별로 비슷한 데가 없는 사람들의 인정認定에 좌우되는 작품이면 굳이 시간을 들여 읽지 않았다. 일례로 앤절라 서켈Angela Thirkell의 책들은 내가 존경하지 않는 영국 중산층 여성 부류에게는 조악한 마리화나와 같다. 하지만 마거릿 드래블Margaret Drabble의 책은—와이덴펠드(영국 출판사 '와이덴펠드앤드니콜슨Weidenfeld & Nicolson')가 마거릿 드래블을 낚아채갔을 때 얼마나 화가 났던지—내게 친숙한 사람들과 상황을 너무도 정확히 그려내서 읽는 데서 그치지 않고 꼭 출판하고 싶은 생각이 간절했다. 당시 'NW1 소설'*은 새로워 보였는데, 나는 여러 해 동안 그런 종류의 책을 가장 열심히 읽었다. 정확하게 묘사한 남녀관계나 다른 인간관계를 매순간 온전히 즐기면서. 하지

---

* 지식인, 유행의 첨단을 걷는 저널리스트, 방송계 사람들이 모여 사는 런던 북서부 지역을 무대로 하는 소설.

만 그런 소설들도 서서히 김이 빠지는 듯하더니 결국 시들해졌다. 아니, 시들해진 건 그런 책들을 읽을 때의 내 반응이었다. 그런 책들이 말하는 것들이 지겨워진 것이다. 너무 잘 아니까. 그리고 지금도 대부분의 소설이 늘 주변에서 보는 여자들의 연애사를 주로 다루는데, 이 말인즉 접할 수 있는 대다수 소설들이 내게는 지루하다는 얘기다.

다행히도 나와는 전혀 다른 사람들의 삶 속으로 데려가주는 소설들은 얘기가 다르다. 나이폴V. S. Naipaul이나 필립 로스Philip Roth의 책이 그렇다. 그리고 위대한 작가들의 작품들 역시 지루함과는 거리가 멀다. 톨스토이, 엘리엇, 디킨슨, 프루스트, 플로베르, 트롤럽Anthony Trollope(그렇다, 나는 트롤럽도 그 반열에 올린다. 내 생각에 지금까지 그는 심하게 저평가되어왔다)과 같은 문학의 거인들 말이다. 그런 작가들은 매우 보기 드문데, 그건 그들이 천재적인 음악가들과 마찬가지로 다른 부류의 사람이기 때문이다. 그들은 불가사의하다고 표현해도 그리 과하지 않을 탁월한 상상력을 가졌다. 현대 소설가들은 정말 어쩌다 한 번 그런 작가들의 영역으로 들어가는데, 비록 읽다가 기진맥진하긴 해도 데이비드 포스터 월리스David Foster Wallace가 《인피니트 제스트Infinite Jest》에서 그 경지에 도달했다고 말하고 싶다. 마거릿 애트우드Margaret Atwood도 종종 그 경지에 들어서고 팻 바커Pat Barker도 1차 세계대전에 관한 연작 소설들에서 그런 모습을 보여준다. 또 힐러리 맨틀Hilary Mantel도 《혁명 극장A Place of Greater Safety》에서 확실히 그런 능력을 보여주었다 (프랑스혁명을 로베스피에르, 카미유 데물랭, 그리고 당통의 입장에서 보는 그 배짱이라니!).

또 물론 그들이 쓰는 작품과 무관하게 그 정신에 반하게 되는 소설가들도 있다. 나한테는 체호프Chekhov, 제발트W. G. Sebald 그리고 앨리스 먼로Alice Munro가 그런 작가들인데, 매우 다른 이 세 작가의 매력을 분석하지는 않겠다. 그러려면 또 다른 책의 세 개의 장이 필요할 테고, 게다가 나는 어쨌거나 한 사람의 독자이지 비평가가 아니니까 설령 하고 싶대도 그럴 수 없을 것이다. 그러니 소설이 '시들해졌다'는 내 말은 소설을 쓸 수 있다는 것을 놀랍고도 부러운 재능이라고 생각하지 않는다는 게 아니라 그냥 나이가 드니까 내가 까다로워졌다는 얘기다. 식욕이 줄어서 보기 드문 진미가 아니고는 먹고 싶은 생각이 없는 사람처럼. 하지만 그 까다로움은 논픽션에까지 미치진 않는다. 논픽션의 매력은 저자의 상상력보다는 주제에서 비롯되는 것이니까.

이제 나는 인간관계를 깊이 들여다볼 필요를 느끼지 못한다. 특히나 남녀관계는. 하지만 사실들은 아직도 알고 싶다.

내 정신이 돌아다닐 수 있는 영역을 확장해주는 책들은 여전히 보고 싶다. 가장 좋은 예로 내가 산업혁명 초기에 대해 잘 알게 된 건 다음의 세 권, 아니 네 권의 책 덕분이다.

첫 번째 책은 험프리 제닝스Humphrey Jennings*가 여러 해에 걸쳐 자료를 수집해 엮은 훌륭한 기록물인《대혼란Pandaemonium》인데, 제닝스 사후에 그의 딸 메리루Mary-Lou가 찰스 매지Charles Madge**의 도움을 받아 오랜 시간 헌신적인 노력을 기울인 끝에 출판되었다. '동시대 관찰자들이 본 기계의 도래, 1660-1886The Coming of the Machine as Seen by Contemporary Observers, 1660–1886'이라는 부제가 달린 이 책은 놀랍도록 다양한 고급 정보들을 탁월하게 엮어놓아 한번 잡으면 놓을 수 없을 만큼 흥미진진하다. 나는 그 책을 읽다가 도중에 멈출 수가 없었고, 발견과 성취의 기쁨이 점차 이익을 지향하게 되면서 어떻게 비극적인 결말로 이어지는지, 이상주의가 어떻게 탐욕과 비열함으로 전락하는지 그 책을 통해 날카롭게 인식하게 되었다. (우리가 이 책을 1985년에 출판했지만 많이 팔지는 못했으니 요즘에는 찾아보기 힘들 것이다. 만일 구할 수 있다면 꼭 손에 넣

---

* 영국의 다큐멘터리 영화감독(1907~1950).

** 영국의 시인, 저널리스트, 사회학자(1912~1996).

기 바란다.) 두 번째와 세 번째 책은 전기로, 브라이언 돌런Brian Dolan이 쓴 조사이어 웨지우드Josiah Wedgwood*의 생애와 서신들, 찰스 다윈의 서신들이다. 웨지우드의 삶은 인간이 과학기술적으로 위대한 것들을 얻을 수 있는, '열려라 참깨'와도 같은 열쇠를 발견했음을 갑작스레 알아차렸던 그 역사적 순간을 아주 생생하게 보여준다…. 웨지우드와 그의 친구들인 사업가 토머스 벤틀리Thomas Bentley, 과학자 조지프 프리슬리Joseph Priestley, 그리고 이래즈머스 다윈Erasmus Darwin**은 그런 위대한 것들이 좋은 것임을 확신했다. 계몽이란 지적일 뿐 아니라 도덕적일 게 분명하기 때문에. 웨지우드는 비교적 짧은 인생을 살면서도 단순한 도자기업을 눈부신 산업으로 변모시켰다. 우선 자기 자신 안에서 과학자의 모습을 찾아냈고, 그다음으로는 (이 점이 더 감동적인데) 앞으로 할 수 있는 일뿐 아니라 현재 하고 있는 일이 중요하고 반드시 성공하리라 확신했으며, 마지막으로 기술적 진보란 결국 노동자에게도 좋을 것이라고 믿었다. 사실 그가 죽기 직전에 이런 순진한 비전을 흐

---

* 영국의 도예가(1730~1795)로 도자기 제조에 혁명을 가져왔다. 그의 우아하고 아름다운 작품은 19세기를 지나 현대에 이르기까지 영국을 대표하는 도자기로 자리매김하고 있다.

** 영국의 의사, 자연철학자, 생리학자, 발명가, 시인(1731~1802). 박물학자 찰스 다윈과 생물학자 프랜시스 골턴의 할아버지다.

리는 조짐이 나타나기 시작하긴 했지만, 그래도 그가 숨 쉬었던 희망의 대기가 부러울 따름이다. 그리고 찰스 다윈의 서신들, 특히 젊은 시절의 서신들을 보면 그의 천재성이 전개되는 과정뿐 아니라 과학이 어떤 식으로 그 시대 대다수의 보통 사람들, 그러니까 시골 의사나 성직자, 대지주나 소매상인의 삶에 영향을 미쳤는지 잘 알 수 있다. 도처에서 사람들이 바위를 두드리고 조개껍질을 수집하고 식물들을 절개하고 새들을 관찰했다. 과학적 관찰을 통해 배우고자 하는 이런 열의가 토머스 뷰익Thomas Bewick*이 성장한 분위기였는데, 내게 초기 산업혁명에 대해 알려준 네 번째 책은 바로 제니 우글로가 쓴 뷰익의 전기로, 완벽하다는 말 외에 달리 표현할 길이 없는 작품이다.

뷰익 자신은 당대의 '모던'한 것을 그다지 열정적으로 끌어안지는 않았다. 그는 전통적인 목판화 기술에 집착했고 실내에 갇히는 걸 질색했으며, 늙었을 때 가능해진 기차 여행보다 청년기나 중년기에 했던 엄청난 원거리의 도보 여행을 훨씬 좋아했다. 하지만 타고난 자연주의자로서의 재능과 예술가로서의 탁월함이 그에게 명성을 가져다주었다. 이는 그의 재능

---

* 영국의 목판화가(1755~1828).

과 탁월함이 당대의 '현대적' 필요에 부응했기 때문이고, 과
학과 정치 분야의 새로운 사실들과 관련해 그가 사적으로 동
료 상인들과 나눈 예리한 토론 덕분이었다. 교육을 거의 받지
못한 사람들 사이에 꽃핀 이런 창조성과 지적 활기는 그 비
옥한 시대의 일반적인 특징이었다. 이런 사람들은 흔히 뷰익
이 소속되어 있었던 뉴캐슬의 '문철Lit and Phil'*과 같은 클럽이
나 토론회로 모여들었는데 '문철'은 지금도 존재한다. 우글로
는 이 열정적이고, 상처 받기 쉽고, 엉뚱하면서도 믿음직하고,
온전히 사랑할 수 있는 남자 뷰익을 되살려내면서 그 시대의
분위기를 더없이 섬세하고 세세하게 그려냈는데, 책 끝에 이
르면 우글로가 그를 떠나기 싫어하는 게 확연히 보인다.

　나는 여러 논픽션에서 많은 걸 얻었지만 이 네 권으로 그
모든 책을 대신하겠다. 자기 자신으로부터 벗어나 이런 좋은
책들을 벗 삼아 휴식을 취할 수 있다면 더없이 상쾌하리라.

　노인들 사이에서 흔히 볼 수 있는 또다른 독서 형태는 옛
날에 좋아했던 책들을 다시 읽는 것이다. 나 역시 꽤 자주, 순
전히 재미로 그런 책들을 손에 드는데 가끔은 오늘날의 그저

---

* The Literary & Philosophical Society. 뉴캐슬에 있는, 민간 기금으로 운영되는
도서관. 런던 밖에 있는 민간 도서관 중 그 규모가 가장 크다.

그런 소설들조차 우리가 젊었을 적의 소설들보다 훨씬 세련되고 재미있다는 걸 알게 된다. 그러니 제1차 대전 직전에 유행했던 책들이야 오죽할까. 이런 책들은 우리 부모님이 젊었을 때 샀던 것들로, 내가 아동 도서에서 벗어날 무렵에도 우리 집 서가에 꽂혀 있어 나도 재미있게 읽었다. 우리 가족은 다들 고전에 친숙했고 고전을 사랑했지만, 우리가 가장 많이 읽은 책들은 당연히 오늘날 문학지에 서평이 실리는 그런 책들이었다. 대단히 훌륭한 작품부터 영국 중산층 주부들의 삶을 다룬 편안한 읽을거리나 브리짓 존스 유의 오락물에 이르기까지 다양했는데, 그 책들 가운데 몇 권은 내가 자주 주말을 보내는 노퍽의 그 작은 집에 아직도 숨어 있다. 이따금 그저 기억을 되살리기 위해 그런 책을 한 권 꺼내 읽다가 결국엔 재미있는 건지 실망스러운 건지 알 수 없는 기분이 된다. 그런 책 중 가장 좋은 책도 지루하고 장황하고 묘사가 지나쳐 보이는데(우리는 이런 걸 영화 덕분에 알게 되었지만 아무튼 잘라버려야 할 게 얼마나 많은지!) 나머지는 어떻겠는가. 유치한 헛소리에 불과한 것이 태반이다.

19세기 말부터 20세기 초, 전쟁이 나기 이전에는 '역사' 로맨스물이 대유행이었다. 그런 책 가운데 몇 권은, 예를 들어 뒤마Dumas와 라이더 해거드Rider Haggard 같은 작가들의 작품은 강렬한 상상력과 스토리텔링 재능 덕분에 살아남았다. 해거드의 경우는 그냥 '우리 쪽 사람'이라 좋아하는지도 모르겠다. 해거드네는 우리 조부모의 이웃이라서 우리는 그 집 손주들과 함께 파티에 갔고 거의 일요일마다 라이더 경이 교회에서 성경 봉독하는 걸 들었다(그분의 봉독은 매우 드라마틱했는데, 활활 불타오르는 용광로 안의 사드락, 메삭, 그리고 아벳느고를 연기한 것은 오래도록 기억에 남았다). 하지만 '어쩌다 그리고 어떻게 나는 행상인 떠버리 딕과 싸웠는가' 혹은 '순결의 여신의 미덕을 제대로 알아보게 된 곳에서'와 같은 소제목을 남발한 제프리 파놀Jeffery Farnol의 작품 같은 책들이 넘쳐났다. 또 애그니스와 에저턴 캐슬Agnes and Egerton Castle 부부의 작품 같은 책들도. 그들이 쓴 《청춘이 알기만 했어도If Youth But Knew》에 나오는 다음의 단락을 보면 그런 책들이 어떤지 잘 알 수 있다.

깽깽이쟁이는 자신의 바이올린을 낡은 봉을 든 궁전의 어릿광대라 명명하며(사람들이 그의 특이한 복장을 보고 미친놈이라고 부른 뒤에) 말했다. "꿈꾸는 자가 평생에 딱 한 번, 그것도 새벽에 오기 전에 꾸는 꿈은 어떤 것일까?—연인이여, 죄인들이 강요하지 않았더라면 오늘밤 우리가 얘기를 나눌 수 없었을 그것은 어떤 것일까? 지난해에 태어난 새끼 사슴에게 봄을 불러주는 노래여—순결하고 밤처럼 고요한, 그러면서도 떨리는 것. 그림자, 그저 그림자에 불과하나 불타오르는 것, 소리도 형태도 없고 만질 수도 없으나 찬란한 그 모든 햇살이 비출 수 있는 것보다, 장차 껴안을 수 있는 그 모든 미인들보다, 장차 들을 수 있는 모든 음악보다 더욱 사랑스러운 것… 오 청춘이여! 오 사랑이여!"

깽깽이쟁이는 한숨을 쉬더니 그의 깽깽이에서 탄식하듯 길게 울리는 메아리를 끄집어냈다.

이런 소설들에서 젊은 여자는 처녀라 지칭되고 고집은 세지만 순결하며 필요한 경우에는 도전적이지만 결국에는 꼭 젊은 남자에게, 처음에는 비뚤어진 인간이었을지 몰라도 결정적인 순간이 되면 고결한 인물로 밝혀지는 그런 젊은 남자에게 몸을 떨며 자신을 맡겼다. 그리고 이 커플은 십중팔구 풍자적 지혜가 넘쳐나는 떠돌이 땜장이나 음악가 같은 이들을 만나게 된다. 남녀 주인공은 귀족 출신이거나 아무리 못해도 양갓집 자제인데, 제대로 된 가정교육을 받고 자란 덕에 농부나 그런 땜장이들과 즐거이 어울린다(오해와 폭로의 재미를 위해 주인공들을 미천한 신분으로 변장시키는 건 매우 흔한 장치다). 이런 책들이 보여주는 계급 숭배는 가히 노골적이다. 여전히 영국에서 소설은 중산층이 즐기는 것이지만, 이제는 소설이 그때처럼 멍청하지는 않다. 그런데 이렇게 어처구니없는 책들을 당시에는 교양 있는 성인들이 읽으며 좋아했다. 나도 십대 초반에는 그랬다. 그러니 앞으로 백 년쯤 지나면 나를 비롯한 많은 노인들이 즐겨 읽었던 소설들 가운데 어떤 책들이 나무랄 데 없다고 인정받을지 아무도 모를 일이다. 어쩌면 우리가 옳았음이 밝혀질지도 모르고.

나는 텔레비전을 보는 습관을 들이지 않아 독서에 거의 전적으로 의존한다. 텔레비전을 사본 적도 없다. 1968년에 우리 집 청소를 해주던 여자한테 한 대 받은 적은 있는데, 결정적인 장면에서 구불구불한 선들이 생긴다며 보기에 덜 피곤한 것으로 바꾸면서 내게 넘겨준 물건이었다. 나는 몇 주 동안 저녁마다 다음 장면은 흥미롭길 바라며 텔레비전을 봤지만 그렇지가 못했다. 그래서 손님 방, 현재 배리가 쓰는 방에 넣어뒀는데 아직도 그 방엔 텔레비전이 있다(아니, 새로 산 것이, 배리가 몇 차례 교체했으니까). 나는 윔블던 테니스 대회나 더비 경마 대회 혹은 타이거 우즈의 골프 경기를 방송할 때만 텔레비전을 봤다. 그랜드 내셔널 경마 대회도 보곤 했는데 말들을 죽여서* 이젠 참고 볼 수가 없다(젊었을 적에는 나도 꽤

나 강심장이었는데 이제는 뭐든 잔인한 건 못 본다. 글도 생생하면 못 읽고. 그토록 존경하는 윌리엄 댈림플William Dalrymple의《최후의 무굴The Last Mughal》도 끝까지 읽지 못했다. 1857년 델리**의 파괴를 묘사한 훌륭하고 중요한 저서이건만 그가 알렸어야 했던 그 참상을 차마 읽을 수가 없어서였다. 매일 같이 뉴스에 일상적으로 등장하는 참사는 경우가 다르다. 그런 일들은 우리가 알고 있어야 하니까. 그래도 되도록 상세한 내용을 곱씹지는 않는다). 텔레비전 프로그램 얘기가 일상의 화제로 자주 등장하는데 그럴 때면 나는 무슨 말을 해야 할지 몰라 당황스럽다. 텔레비전에 할애되는 신문의 많은 칼럼들 역시 내게는 아무 의미 없는 잡소리에 불과하지만, 이건 내가 뭘 몰라서 그러는 것이니 떠벌릴 일이 못 된다는 것쯤 잘 알고 있다. 알면서도 그런 성향을 고치지 못한 건 내가 어리석어 그러려니 한다. 텔레비전을 하나 사는 것보다는 라디오를 다시 듣는 게 상상하기 더 쉽다. 한때는 음악을 무척 좋아해 BBC 라디오 3***을 많이

---

* 경마 대회 도중 기수들의 인정사정없는 채찍질로 말들이 죽는 일이 벌어지자 동물 애호 단체들이 크게 반발했고, 2011년 이후 경마 대회 중 채찍질 횟수를 제한하는 새 규정이 만들어졌다.

** 무굴제국의 옛 수도.

*** 클래식 음악 방송.

들었다. 그런데 이제는 귀가 먹어 음악 소리가 대부분 왜곡되게 들려 귀에 거슬리는 통에 듣지 않는다. 하지만 앞으로 글도 못 읽게 된다면—제발 그런 일은 없기를 바라지만—BBC 라디오 4*는 달가울 것 같다. 뉴욕에 사는 내 친한 친구들은 라디오 4 때문에라도 언제든 런던으로 이주할 마음이 있다고들 하니 말이다.

* 뉴스, 시사, 교양 프로그램 방송으로, 영국의 비상시 국가 기간방송 역할도 담당한다.

나는 어떻게 작가가 되었는가

나의 도피처가 되어주는 일들은 대부분 일상적인 것들이다. 그것은 내가 늙었기에 더욱더 소중해진 일들로, 그 일들을 즐길 시간이 그리 많지 않았다는 걸 잘 알기에 갈수록 그 재미가 더 강렬해진다. 하지만 필시 노년에 내가 한 최고의 일은 지금도 그렇지만 약간은 비일상적인 일이었다. 그건 내가 글을 쓸 수 있다는 걸 발견한 행운과 전적으로 관계가 있다. 그 행운을, 백 살이라는 나이에 아직도 〈캠던 뉴스 Camden News〉에 칼럼을 쓰고 있는 영국의 최고령 칼럼니스트인 내 친구 로즈 해커Rose Hacker만큼은 못 누릴 테지만, 아흔 살 생일까지는(그때까지 살아 있다면 말이다!) 누릴 수 있을 것 같은데 이게 얼마나 고마운 일인지 표현할 길이 없다.

나는 내가 글을 쓸 수 있다는 것에 깜짝 놀랐다. 그것도 두 번이나. 이런 일은 흔치 않은 듯한데, 글을 쓰는 게 자신이 원하는 바임을 작가 대부분이 인생 초반에 깨닫는 것 같기 때문이다. 나는 아주 어려서부터 내가 책을 좋아한다는 것을 알았고 십대 초반부터 편지 쓰기를 좋아해서 친구들 사이에 편지 잘 쓰는 아이로 통했지만, 책을 쓰고 싶다는 열망은 없었다. 그건 아마도 내가 어렸을 때는 '책' 하면 '소설'을 의미했는데 내겐 소설가에게 반드시 필요한 상상력, 다시 말해 인물과 사건은 물론이고 (천재의 경우) 하나의 세계를 통째로 만들어내는 그 능력이 없었기 때문일 것이다. 그리고 다른 사람들의 글을 좋아해 편집일을 하게 됐다는 것은 내가 지닌 창조적 에너지가 뭐건 간에 그 에너지의 대부분이 내가 매일 같이 하는 일을 통해 분출됐다는 의미였을 테니, 알아챌 수 있을 정도의 압력이 형성되기까지는 오랜 시간이 걸렸을 것이다.

그러나 압력은 형성됐고, 처음에는 화산 지대 여기저기서 끓어오르는 작은 온천들처럼 조금씩 분출되는 형태로 나타났다. 아홉 편의 단편들, 그중 어떤 것도 계획한 게 아니었다. 뭔가 기분 좋게 근질거리다가 난데없이 첫 문장이 떠오르고, 그러다 깜박거리며 이야기 하나가 나오곤 했다. 그중 한 편이

〈옵서버Observer〉지의 단편소설상을 수상했는데 그 덕분에 내가 글을 제대로 쓰고 있었다는 걸 알게 되어 가슴 설레고 도취되는 기분을 맛보았다. 하지만 열 번째 단편이 두 페이지를 채우고 흐지부지돼버린 이후로는 이야기가 더 나오지 않았다. 그렇게 일 년 가까이 잠잠하다가 거의 열어보지 않던 서랍에서 뭔가를 찾다 그 두 페이지를 발견해 읽게 되었다. 다음 날 이 두 페이지로 어쨌거나 뭘 좀 만들어볼 수 있지 않을까 싶어 타자기에 종이를 끼웠는데 이번에는 깜박이며 등장하는 게 아니라 쉭 하고 쏟아져나오는 것이었다! 나의 첫 책인 《편지를 대신해》는 그렇게 시작되었다. 그 이야기는 나의 무의식 속에 쌓여 있던 것을 암시하는 힌트에 불과했는데, 그때까지는 몰랐지만 그렇게 무의식 속에 쌓여 있었던 이유는 치유가 필요했기 때문이었다.

그 책을 쓰기 스무 해 전, 나는 실연을 당했다. 그 후로 나는 여자로서 실패했다―그렇게 생각했다―는 사실을 서서히 받아들이고 매우 편하게 사는 법을 터득했다. 이제 그 책으로 할 수 있는 한 거의 정확하게 그때의 일을 털어놓게 되자 치유가 된 것이다. 그것은 놀라운 경험이었다. 실제로 글을 쓰는 과정도 놀라웠는데, 처음에는 사무실에서 돌아와 책상 앞에 앉아 글을 쓸 수 있기만을 온종일 갈망했음에도 다음 단락을 어떻게 쓸지 전혀 알 수 없었기 때문이다(이건 정말 사실이다). 나는 전날 써둔 두세 페이지를 재빨리 읽고 바로 써 나갔다. 이렇게 아무 체계 없이 글을 썼는데도 완성된 책은 신중하게 구성한 작품처럼 보였다. (당시 그런 유의 작업은 우리가 잠을 자는 동안 상당 부분 진행되는 거라고 생각했는데 이제는 정말 그렇다고 확신한다.) 그리고 결과적으로도 놀라웠다. 책이 일단 완성되자 실패자라는 느낌이 영원히 사라졌고, 내 평생 어느 때보다 행복했으니까. 또 글쓰기야말로 내가 가장 하고 싶은 일이라는 걸 확신하게 되었고 더 많이 쓰고 싶다는 마음이 생겼다.

그리고 글을 쓸 기회는 더 찾아왔다. 트라우마를 남긴 사건의 형태로 두 번 더. 한 사건은 내가 도와주려 애썼던 남자의 자살이었고, 다른 하나는 젊은 여자가 살해된 사건이었다. 나는 '그 사건들을 쓰는 일'에 곧장 뛰어들었는데, 그게 그 비통함을 마음속에서 제거하는 자연스럽고도 확실한 방법 같아서였고 또 두 사건 모두 그 자체로 '이야깃거리'가 되었기 때문이다. 그 이야기들을 쓸 때는 《편지를 대신해》를 쓸 때보다 신비감이 훨씬 덜했다. 그 이야기들을 쓰는 일이 '즐거웠다'고 말하면 틀린 말이고 그 일에 빠져들었다고, 아니 실은 나 자신을 소진시켰다고 말해야 정확할 것이다. 그리고 이 두 책은 물론 고통스러운 뭔가를 '극복하게' 해주었다. 이 책들은 완성되자마자 한곳으로 치워져버렸고, 출판하라고 친구들이 설득하지 않았다면 아직도 서랍 속에 잠들어 있을 것이다 (두 번째 책은 열여섯 해나 서랍 속에 들어 있었다).

이런 책들 가운데 그 어떤 책도 제 용도를 다한 후에는 내게 큰 의미를 갖지 못했다. 물론 사람들이 그 책들에 대해 좋게 말해주면 무척 기쁘긴 했지만. 그리고 출판사의 성화에 못 이겨 1960년대에 썼던 소설도 마찬가지였다. (누가 설득력 있는 말로 글을 잘 쓴다고 칭찬해주면 기분이 좋은 건 어쩔 수 없다. 그런 칭찬은 자존감에 필수 비타민과 같다.) 그 시절에는 소설은 아니라도 어쨌거나 글깨나 쓰는 사람이 있으면 "그런데 소설은 언제 내놓을 거냐?"며 졸라댔다(출판인으로 일할 때 나는 그런 짓을 하지 않았는데, 아무 의미가 없어 보였기 때문이다. 어쨌든 무슨 일이 있어도 우리에게 소설을 갖다 주는 사람들은 많았으니까). 그런데 나는 더 나은 판단을 했으면서도 그런 보챔에 굴복했다. 그 결과로 작고 아주 깔끔한 책이 나와주어 뿌듯했지만 아직도 그 책을 쓴 걸 떠올리면 즐겁긴 했어도 전반적으로 너무 힘들고 끔찍했기에 다시는 쓰지 않겠다고 다짐했다. 그 책이 증명한 것은 어쨌거나 글을 쓰는 사람이라면 부득이한 경우 소설 하나쯤 쥐어짜낼 수는 있지만 그렇게 소설을 짜내는 사람은 소설가가 아니라는 걸 깨달아야만 한다는 것이었다. 사실 그 책은 마지못해 썼던 것이라 거리감이 느껴졌다. 다른 두 책을 쓸 때는 아마 《편지를 대신해》를 쓸 때보다 흥미를 덜 느끼며 그 책들의 운을 따라갔을 것이다. 그것은 단지 사적인 것으로 여겨지는 일들을 사적인 이유로 공개하는 게 좀 당혹스러웠기 때문이다. 경험을 기술하는 건 최대한 그 본질에 가까이 다가가려는 노력 없이는 아무런 의미도 없다고 믿었고 지금도 그렇게 생각하지만, 이런 입장은 어릴 때 내가 배웠던 주된 가르침과 상충한다. '너 자신을 중요하게 생각하지 말라'는 가르침 말이다.

글을 계속 쓰고 싶어도 뭔가가 나오려고 근질거리지 않는 한 불가능하다는 걸 나는 알게 되었다. 편지나 광고문이나 서평 같은 글은 일상적으로 쓰면서 쉽게 종이를 메울 수 있었지만, 내 안에서 압박을 느껴서가 아니라 지적으로 하고 싶은 일이라서 어떤 이야기를 하거나 어떤 주제로 글을 쓰려고 하면 글쓰기는 지지부진해졌다. 끈덕지게 종이를 채워나갈 수는 있어도 터벅터벅 힘들게 나아가 지루해 죽을 지경이 되었다. 왜 그런지는 한 번도 작정하고 따져본 적이 없어 설명하기 어렵지만 리듬을 타는 것, 아니 어쩌면 리듬을 탈 수 있는 단계에 이르는 것과 연관이 있지 않을까 싶다. 리듬을 못 타면 내 문장들은 죽어버린다. 리듬을 타게 되면(언제 내가 리듬을 타는지 늘 알 수 있는데 어떻게 리듬을 타느냐고는 묻지 말기를) 문장들이 마치 살아 있는 것처럼 흐르기 시작한다. 진정한 작가는 그런 훈련이 잘되어 있을 테고, 그 신비로운 리듬에 더 쉽게 접근하는 재능을 타고났을 뿐 아니라 그 리듬을 계속 탈 수도 있을 것이다. 나는 특정한 자극에 의존해야 한다. 그래서 늘 내가 아마추어라는 생각을 한다. 그렇다고 "내가 가장 좋아하는 일은 글쓰기"라는 말을 거둬들이겠다는 뜻은 아니다.

어쨌든 일흔다섯 살에 은퇴할 때까지 오랫동안 아무런 글도 쓰지 않았는데, 오랫동안 치유가 필요한 일이 일어나지 않아서였다. 참 유감스러운 일이 아닐 수 없는데, 글을 쓰는 걸 굉장히 즐겼음에도 글이란 치유가 필요할 때 쓰는 거라는 생각이 너무 확고해 다른 이유로 글을 쓴다는 건 상상도 할 수 없었던 것이다. 사람들은 내게 "오십 년 동안 출판계에 있으면서 그 모든 흥미로운 사람들과 일을 했으니 그 이야기를 쓰라고, 꼭 그렇게 하라"고 했지만, 나는 그럴 생각을 하면 지루함이 몰려와 "난 그런 일 안 해"라고 하며 피했다. 적어도 은퇴하고 이 년간은 그랬다.

그러다 내가 과거의 사건들, 아니 어떤 측면들을 즐겁게 떠올리며 곱씹고 있다는 걸 의식하게 되었다. 그래서 가끔 그런 식으로 기억의 표면에 떠오르는 것이 있으면 그게 무엇이건 간에 몇 페이지씩 끼적이곤 했다. 대부분 우리 출판사의 초창기에 관한 것이었는데, 돈도 경험도 없는 빈털터리 상태에서 회사를 시작한 게 무척 흥미진진했던 것이다('경험이 전무했다'는 건 나한테 해당하는 얘기다. 우리 모험의 주동자인 안드레 도이치는 딱 일 년간의 경험이 있었고, 그는 그 일 년 동안 많은 이들이 평생 얻는 것보다 더 많은 걸 흡수했다). 그 시절을 되돌아보면 얼마나 특별하고 흥미진진했던지. 그런 일에 동참한 게 얼마나 행운이었나 싶다. 하지만 기억이 우리가 그레이트러셀 거리로 사무실을 옮기고 그제야 진정한 출판업자가 됐다는 자부심이 싹튼 시점에 이르자 김이 빠져버렸다. 앞으로 삼십 년의 세월을 더 회고할 생각을 하니 따분함이 다시 몰려들었다. 대체 어떻게 나뿐 아니라 다른 사람들까지 잠에 빠뜨리지 않고 그 긴 세월을 회고하는 지겨운 일을 해나가나 싶어서였다. 그래서 그때까지 쓴 것들을 다 치워버리고 그 일에 대해서는 잊어버렸다. 뭔가 특이하거나 재미있는 기억이 떠오를 때까지.

그 글쓰기를 진행하는 동안 가장 단단해진 두 개의 '조각'이 있었는데, 그건 두 작가의 초상이었다. 하나는 V. S. 나이

폴이고, 다른 하나는 진 리스였다. 그들에 대해 쓸 때는 매우 즐거웠다. 나 자신의 정서 발달과 전혀 무관한 글을 쓰는 데 몰입할 수 있다는 사실을 알게 되어 기뻤다. 물론 감정이 개입됐지만 깊은 차원은 아니었다. '치료'를 요하는 건 없었다는 얘기다! 그래서 글을 쓰는 게 마냥 즐거웠는데, 그전에는 내가 그런 주제에 관심이 있는 줄 몰랐기 때문이다. 그 모든 것이 책이 될 수 있는 계기가 되어준 건 진 리스에 대해 쓴 부분이었다.

진 리스는 독자를 상당히 짜증나게 하거나 아니면 매혹하는 작가였다. 그녀가 쓴 글, 단어들을 사용한 그 방식을 보면 놀랍다는 평가에 아무도 토를 달지 못한다. 하지만 끔찍이도 무능한 그녀의 여주인공들, 아니 '진 리스의 여자'는 늘 똑같기에 '여주인공'을 굳이 보고 싶어 하지 않는 이들도 있다. 그렇지 않은 다른 사람들은 여주인공을 무척 애처롭게 여기고 그 여주인공이 실은 진 리스 자신일 거라고 추측한다. 그래서 지난 십오 년간 내가 진과 친하게 지냈다는 사실을 아는 이들은 늘 내게 그녀에 대해 묻고 싶어 한다. 우리 집 건너편에 사는 이웃인 샌드라 빙글리Xandra Bingley(진만큼이나 훌륭한 작가지만 서로 종족이 다른 게 아닐까 싶을 정도로 진과는 판이한)에겐 루크리셔 스튜어트라는 친구가 있는데, 그 친구가 진

189

의 팬이라 그녀에게 나를 만날 수 있게 해달라고 부탁해 샌
드라가 루크리셔와 나를 함께 점심에 초대한 적이 있다. 점
심을 먹으면서 내가 최근에 진에 대해 상당히 긴 글을 한편
썼다고 했더니 루크리셔는 그걸 자신과 관련 있는 〈그란타
Granta〉지의 편집장인 이언 잭에게 보내보라고 했다.

〈그란타〉라면 물론 나도 알고 있었지만, 이언이 미국인 빌
버퍼드로부터 편집장직을 넘겨받았다는 사실은 잊고 있었다.
빌 버퍼드가 편집장으로 있었을 때는 그 잡지사를 높이 평가
하긴 했어도 좀 겁나는 곳이라고 여겼다. 가령 마틴 에이미스
Martin Amis처럼 나와 사는 세계가 너무 달라서 잠깐 보기만 해
도 나 자신이 '고지식해지는' 것 같은 그런 작가들의 본거지
였던 것이다. 이언은 겁이 덜 났다. 이언도 나처럼 '고지식'할
거라고 생각해서는 아니고, 버퍼드보다 좀 더 넓은 관점에서
작품을 볼 거라는 생각에서였다. 나는 늘 이언이 쓴 글을 좋
아했고 그 역시 《편지를 대신해》를 좋아했다는 걸 알고 있
다. 이언에게 내 글을 갖다줬는데 그가 퇴짜를 놓는다면 그
건 나를 단지 따분하고 매력 없는 초로의 여자로 봐서가 아
니라 그럴만한 이유가 있을 거라 여기게 될 것 같았다. 그러
니까 실망이야 하겠지만 상처를 입진 않을 터였다. 이런 다소
나약한 이유에서 나는 루크리셔의 충고를 따르기로 했다.

이언은 퇴짜를 놓았다. 잡지에 적당하지 않다고. 그리고 마음이 상하지 않을 거라는 내 예감도 맞았다. 그런데 흥미로운 일이 생겼다. 이언이 내 글이 한 책의 일부라면 보고 싶을 거라고 덧붙인 것이다. 내가 또 잊고 있었던 게 있는데, 잡지사 '그란타'가 '그란타북스'라는 출판사도 함께 운영하는 회사의 자회사라는 사실이었다. 그러니까 이제 나의 출판 인생에 관한 책에 실제로 관심을 보인 출판사가 나타난 것이었다. 내가 그동안 만지작거리던 단편들을 책의 형태로 잘 짜볼 수 있다면 말이다…. 돌연 그 조각 글들이 새롭게 보였다. 서랍에서 꺼내 진지하게 검토해볼 만한 가치가 있는 글들로 보이게 된 것이다.

그래서 진지하게 검토해봤더니 놀랍게도 그 자료를 2부짜리 책으로 만드는 데 그다지 많은 수고가 필요치 않다는 걸 알게 되었다. 1부는 우리 회사의 설립 과정을 다루고 2부는 우리가 출판한 책들의 저자 몇 사람을 다루는 것으로 구성하면 될 것 같았다. 회사가 존속한 그 모든 세월을 느릿느릿 다 훑을 필요도 없는데다 사실상 그 글은 출판사가 아니라 편집자에 관한 책이 될 터였다. 내가 늘 주로 했던 일이 편집이니까. 분량은 짧겠지만 문제는 없어 보였다. 내 생각에 지나치게 장황한 것보다는 차라리 지나치게 간결한 게 언제나 더 낫다.

정리하고 다듬고 채워나가는(어떻게 마무리지어야 하는지에 대해 이언의 탁월한 제안을 따른 것도 포함해) 일들이 마냥 즐겁기만 해서 집필이 끝났을 때는 아쉬울 정도였다. 마지막 순간에 제목이 영감처럼 떠올라준 것에 대한 벅찬 기쁨이 끝이라는 아쉬움을 달래주지 않았다면 말이다. 제목이 자연스럽게 나오지 않으면 골치 아프다. 과거에 제목을 생각해내느라 저자들과 정말 많은 시간을 보냈더랬다. 제안 목록을 살펴보며 점점 더 암담해하면서. 그런데 이번에는 '딱 적당한 말mot juste'이 단번에 떠올라주어 정말 만족스러웠다. 그대로 두기Stet, 이거였다, 만세! 그리고 더욱 만족스러운 건 여든 살의 내가 그 일을 해냈다는 사실이었다.

그리고 만족할 일은 더 있었다. 사실 아주 많았다. 그 책과 관련해 겪은 일 중 가장 좋았던 것은 책 쓰기를 끝낸 것, 훌륭한 출판사에서 그 책을 받아준 것, 그리고 그 책에 대한 호평을 보게 된 것이었다. 살면서 언제 겪어도 흐뭇한 일이고 이 년 안에 그 과정을 되풀이하는 것(《어제 아침Yesterday Morning》으로)은 훨씬 더 흐뭇한 일이다. 늙어서 그런 경험을 하면… 그냥 흐뭇한 정도가 아니라 가슴 벅차도록 기쁜데, 여기에는 세 가지 이유가 있는 듯하다.

첫째는 뜻밖의 일이라서 그렇다. 만약 칠십대 초반이었을 때 누군가가 내게 앞으로 또 한 권의 책을 쓰게 될 거라고 했다면 미쳤나 보다 했을 것이다. 혼자 재미 삼아 끼적이는 거라면 몰라도 책은 아니라고 생각했을 것이다. 쓸 책이 없었으니까. '어떻게 그럴 수 있겠어, 책을 쓸 만할 일이 일어날 수 있는 시절이 끝난 게 언젠데?' 그리고 그런 일들을 겪는 게 얼마나 고통스러운지 생각하며 '얼마나 다행이야'라고 덧붙였을 것이다. 그런데 실제로 내가 출판계에 처음 발을 들였을 시기와 그다음으로 내 어린 시절을 떠올리는 게 그저 즐거워서 충분히 많은 페이지를 채울 수 있게 됐을 때, '이게 나한테는 재미있지만 다른 사람들한테도 재미있을까?'라는 의문이 자연스레 떠올랐다. 출판에 관한 책들이 그 업종에 종사하는 이들에게는 흥미로울지 몰라도 그래 봐야 그들은 소수의 독자층에 불과한데, 내가 《그대로 두기》의 출판 제의를 받은 출판업자라면 과연 운을 하늘에 맡기고 출판할까? 아마 그만둘 것이다. 또 《어제 아침》은? 그렇게 해묵고 한물간 이야기를! 출판사나 대중이 이 두 책 가운데 어느 한쪽을 두고 '이건 아니다'라고 했어도 나는 조금도 놀라지 않았을 것이다.

그랬기에 둘 다 모두 '좋다'는 반응에 정말 놀랐다. 마치 뜻밖의 엄청난 대접을 받은 것 같았다.

이것이 나이 들었기에 얻은 첫째 이득이었다. 둘째 이유는,

이젠 마음 깊이 어떤 것도 중요치 않다고 느끼기 때문이라는 것이다. 그래서 그 모든 일을 가볍게 받아들일 수 있었다. 젊을 때는 나를 바라보는 타인의 관점에 의해 내가 누구인지가 상당 부분 결정된다. 이런 현상은 중년까지도 계속되는데 그 것이 가장 두드러지는 영역이 성性이다. 학창 시절의 동창생 하나가 생각난다. 통통하고 좀 평범해서 호감은 가지만 지루한 애였다. 그런데 졸업하고 일 년쯤 지났을까, 우연히 승강장에서 마주쳤는데 한눈에 알아보지 못했다. 몰라보게 아름다워져서였다. 사연인즉, 우리 둘 다 알던 근사한 남자가 내가 아닌 그녀와 사랑에 빠져 그녀에게 청혼을 한 것이었다. 그는 그녀를 무척 예쁘게 봤고, 덕분에 그녀는 행복에 빠져 그렇게 예쁘고 당당하고 매력적인 여자로 변신하게 된 것이다. 그러한 변화는 자존심의 다른 측면과 관련해서도 일어날 수 있으며, 자존심에 유익하거나 해로운 영향을 미칠 수 있다. 그런데 나는 그 일로 인해 성년 초기에 여러 해 동안 자존심이 상당히 낮아졌다. 하지만 늙으면 이 모든 것을 초월하게 된다. 운이 아주 나쁘지 않은 한 말이다. 사십대에는 남들 눈에 책을 써서 출판한 사람으로 보이는 게 나를 변화시켰다(어쨌거나 더 좋은 쪽으로. 하지만 반대로 그 때문에 나쁜 쪽으로 바뀔 수도 있었다). 나의 팔십대에는 그런 일이 일어날 수가 없었다.

이제는 그 어떤 일도 그런 식으로 내 자존심에 결정적인 영향을 미칠 수 없었는데, 그게 이상하게도 해방감을 안겨주었다. 그것은 뭔가를 상실했다는 의미가 아닐까 싶다. 그러니까 마음이 설렐 만큼 신나는 일들은 더 이상 일어날 수 없다, 뭐 그런 것. 그래도 단순히 즐길 수는 있다. 그저 재미있는 경험으로 말이다. 살면서 《그대로 두기》를 출판했던 때만큼 그렇게 오랫동안, 그렇게 속 편히 즐거웠던 적도 없었다. 《어제 아침》을 출판했을 때도 배리의 수술에 대한 걱정만 아니었다면 그만큼 기뻤을 것이다.

늙어서 좋은 점 셋째는 둘째와 관련이 있다. 내가 더 이상 수줍음 때문에 고생하지 않게 되었다는 사실이다. 예전에도 가끔 직업상 청중 앞에서 연설을 해야 할 때가 있었는데, 그럴 때면 늘 입이 바싹바싹 타들어갈 정도로 겁이 나서 이야기할 내용을 전부 타이핑해서 그걸 읽었다. 한번은 블랙풀*에 가서 반짝반짝 빛나는 어마어마한 숙녀들―알고 보니 그들은 컨벤션에 참석 중인, 나이프나 포크 같은 식기류를 제조하는 남편들의 아내들이었다―이 가득한 휘황찬란한 호텔에서 요리책에 관해 이야기를 해야 했다. 예정된 내 강연 장

---

* 잉글랜드 북서부 해안.

소는 냄새가 심한 작고 어두운 '연회실' 중 한 곳이라 그 방에서 그레이비소스 냄새가 나는 게 딱히 이상할 것도 없었는데, 아무튼 한 사람도 나타나지 않았다. 그게 얼마나 안심이 되던지. 하지만 이상하게 창피하기도 해서 그 편안한 기분을 온전히 누리지는 못했다. 특히 내 방으로 살금살금 돌아갔다가, 침대에서 읽을 책을 챙겨 오지 않은 걸 알았을 때는 더더욱.

그렇게 남 앞에 서는 일은 언제나 내겐 일종의 시련이라, 그란타 출판사가 문학 축제에서 최초로 사람들 앞에 나를 선보이겠다고 했을 때 긴장이 됐다. 헤이온와이*에서 열리는 축제인 만큼 얼마나 운이 좋은 것인지도 모르고 느낀 긴장감이었다. 그런 도서 축제들치고 분위기가 아주 열렬하고 따뜻한 축제였다. 나는 사전에 원고를 준비할 수 없었는데, 나를 비롯해 회고록을 쓴 세 사람이 왜 회고록을 쓰게 됐는지 그 이유를 서로 말하는 자리였기 때문이다. 그래서 더 긴장이 됐다. 그런데 함께할 연사 하나가 앤드리어 애시워스Andrea Ashworth였다. 그녀가 쓴 《언젠가 불타는 집에서Once in a House on

---

* 헌책방들로 유명한 중부 웨일스 지방의 시골 마을. 매해 5월이면 '헤이 페스티벌'이라는 도서 축제가 열린다.

Fire》가 너무 좋아 팬레터를 보낸 적이 있었는데 그녀도 나의 《그대로 두기》를 읽고 팬레터를 보내온 재미난 우연 덕분에 우리가 머물던 호텔에서의 만남은 유쾌한 일이 되었다. 그런 빛나는 젊은 여성의 포옹을 받고 즐겁고 친밀한 대화를 정신 없이 주고받으며 행사가 열리는 천막으로 함께 들어가자 모든 경험의 성격이 달라졌다. 청중이 그렇게 많이 모여 있는데 도 다들 하나같이 환한 표정에 앞으로 좋은 시간을 보내게 될 거라는 기대감을 드러내고 있어서, 정말로 그들과 대화를 나누고 싶다는 생각이 절로 드는 것이 놀랍지가 않았다. 정말 이지 내 안에 숨어 있던 과시쟁이가 그날 저녁에 풀려나버렸 다. 내가 청중을 웃길 수 있다니! 청중을 웃기는 게 정말 좋 았다. 내가 주의를 기울여야 할 일이라고는 내게 주어진 시간 이상으로 대화를 독점하지 않는 것뿐이었다. 그리고 그때부 터 청중 앞에 서는 것은 즐거운 일이 되어 '데저트 아일랜드 디스크Desert Island Discs'*에 나갔을 때는 웃고 떠들며 정말이지 즐거운 시간을 보냈다(친척들과 친구들, 그리고 많은 낯선 이들 에게 그때까지 내가 쓴 어떤 좋은 서평보다 훨씬 깊은 인상을 주

---

* 70년간 지속된 영국 라디오 프로그램. 유명 인사를 초대해 무인도에 꼭 가져가고 싶은 음반 여덟 개를 고르게 하고 그 음악들을 틀어준다.

었다). 그리고 진행자 수 롤리와의 수다가 너무도 자연스럽고 즉흥적이어서 상당 부분 편집될 거라고 예상했는데 놀랍게도 토씨 '하나 바꾸지 않고 그대로 방송되어 깊이 감탄했다. 수 롤리는 그야말로 프로였다. 시간을 그렇게 엄격히 관리하면서 그토록 편안한 분위기를 만들어내다니.

자신의 책을 자주 홍보해본 작가라면 그것이 필요하지만 몹시 따분하고 지겨운 일이라는 걸 알게 된다. 그러나 내게는 그것이 선물이자 재미였고 전혀 예기치 못한 사건이기도 했다. 돌이켜보면 그 일이 있었기에 내 인생이 전반적으로 훨씬 즐거웠다는 생각이 든다. 나는 오랫동안 내 인생이 실패작이라고 생각했는데 지금 와서 되돌아보니, 세상에, 전혀 그렇지 않았다!

후회하지 않아

누구든 여든아홉 해를 되돌아본다면 후회로 점철된 풍경을 보아야만 하는 듯하다. 어쨌거나 자기 자신의 결함과 나태, 빠뜨리고 간과한 것, 다른 사람이나 더 나은 사람들이 세운 기준은 말할 것도 없고 자기 자신이 세운 이상에도 미치지 못한 무수한 면모를 훤히 알게 되니 말이다. 이 모든 것이 분명 유감스러운 수많은 사건을 토해냈겠지만—정말이지 확실히 그렇다—내 시야에서는 사라져버렸다. 후회? 나는 나 자신에게 말한다. 무슨 후회? 그 일들이 보이지 않는 건 상상력보다는 상식이 앞선 탓도 있으리라. 그러니까 후회란 부질없는 것이니 잊자는. 하지만 어떤 사람이 자신의 기대 이상으로 계속 운이 좋다면 제 잘난 맛에 사는 인간이 되고 말지 않을까.

그러니 즐겁지 않은 생각도 들여다봐야 할 것 같다.

내가 후회하지 않는 일들 중 가장 놀라운 것은 아이가 없다는 것이다. 잠깐이나마 열렬히 아이를 원했고 그러다 아이하나를 잃었는데도 말이다. 그런 상실감은 여자에게 큰 짐일거라 생각했는데 나는 아니었다. 단 한 번이긴 해도 그 사건만 놓고 봐도 나는 보기 드물게 모성이 별로 없는 사람임을 알 수 있다. 이건 타고난 결함인 듯싶다. 어릴 적에도 나는 인형에 관심이 없었다. 아니 없는 정도가 아니라 인형이라면 질색했다. 나의 첫 장난감은 하얀 토끼였는데 손때가 탈 대로타자 내 유아용 침대에서 밀반출되는 운명으로 끝났다. 그다음으로는 장난감 코끼리를 좋아했다. 하지만 어린애 모습의 장난감은 좋아한 적이 없다. 열아홉 살 때 한 달 된 갓난아이와 단둘이 있었던 적이 있다. 아이가 내 마음을 움직이는지 어떤지 보려고 몸을 숙이고 진지하게 아이를 내려다봤지만 그 매력 없는 작은 생명체는 내게 아무런 의미도 없다는 결론에 도달했던 기억이 난다. 언제든 강아지를 한 마리 키우게 되는 편이 낫겠다, 그렇게 생각했다. 이런 내 반응이 걱정스럽긴 했지만 심각하게 여기지는 않았다. 내 자식이 생기면 사랑하게 될 거라고 이내 나 자신에게 말했으니까. '원래 다 그렇잖아. 다들 자기 자식은 너무나 사랑하잖아. 그런 건 틀림없이 타고난 본능일 거야.' 나는 이런 식으로 자신을 계속 안심시켰다. 폴이 앞으로 우리가 낳게 될 아이들에 대해 행복해하며 이야기할 때면 특히. 폴은 그런 이야기를 좋아했고 재미삼아 아이들 이름을 지어보기도 했다. 나라면 그런 놀이는 절대 하지 않았겠지만 티는 전혀 내지 않았다. 이십대와 삼십대에는 한 번도 아이를 바란 적이 없고 누군가의 아이에게 막연한 호의 이상을 느낀 적도 없었다. 다른 여자들이 아이를 열렬히 원하면 나는 입을 다물고 내 감정을 감췄다. 또 유아들은 아주 잠깐이라면 모를까 데리고 있으면 따분하기만 했다. 그렇다고 내가 그들이 그런 존재인 것에 대해 비난하거나 한 건 또 아니었다.

그럼에도 불구하고 내게 아이가 있었다면 사랑했을 거란 내 생각은 옳았을 것이다. 이는 내가 마흔세 살 때 분명해졌는데, 몸이 마음에 더 큰 영향력을 행사하면서 임신을 하게 된 것이었다. 전에도 임신한 적이 있었는데 그때는 주저 없이 낙태를 했고 그 일을 슬퍼하지 않았다. 그런데 이번에는 내 안에 깊이 숨어 있던 뭔가가 작정하고 말하고 있었다. '지금이 아니면 앞으로 영원히 아이를 가질 수 없을 테니 좋든 싫든 하나 가져봐.' 무슨 일이 생긴 건지 알고 나서야 내가 무의식적으로 피임에 대해 무책임하고 부주의하게 군 게 분명하다는 생각이 들었다. 그래 놓고도 당황했고, 낙태 절차를 밟는 것을 당연시했다. 하지만 필요한 조치를 당장은 취하지 않을 핑계를 대고 또 대는 자신을 보면서 나는 진실을 깨달았다. 낙태하지 않을 거라는 사실을 말이다. 그러자 돌연 행복한 감정이 밀려들었다. 놀랍게도 너무나 완벽한 행복이었기에 아직도 그때 그 순간을 고마운 마음으로 기억한다. 그 일이 없었더라면 내 인생은 더 빈곤해졌을 것이고, 또 그 임신으로 아이가 태어났다면 그 아이는 오직 사랑만 받았을 것이다.

하지만 아이는 태어나지 못했다. 임신 사 개월 초반에 유산되었다. 내 인생에서 가장 행복한 시절이었고 몸 상태도 더할 나위 없었건만. 그때의 유산으로 나는 죽음 직전까지 갔다. 병원에 실려갔는데 조금만 늦었어도 큰일 날 뻔했다. 당시 나는 거의 의식이 없이 들것 위의 피 웅덩이에 누워 있다는 것만 겨우 의식하고 있었는데, 들것 위로 몸을 숙이고 있는 이들의 말소리가 들렸기에 내가 얼마나 목숨이 위태로웠는지 알 수 있었다. 병원에서 관리하는 수혈용 피를 더 가져오라고 금방 누군가를 보내놓고는 한 남자가 말했다. "전화해서 뛰어오라고 해." 그러자 누군가가 또 말했다. "환자가 허탈 상태 일보 직전이야." 나는 그 말들을 들을 수 있었을 뿐 아니라 무슨 말인지도 이해할 수 있었다. 심지어 참 바보 같은 완곡어

법이라는 생각까지 했다. 지금 내가 쓰러진 게 아니면 뭔데 싶어서.* 그러다 그것이 죽음을 말하는 것임을 알아차렸다. 그래서 마지막으로 뭔가 분별 있는 생각을 떠올려봐야 하는 건 아닌가 싶어 잠시 애써봤지만 내 능력 밖의 일이었다. 내가 한 생각이라곤 '아, 그래, 죽으면 죽는 거지'가 다였다.

뛰어야 했던 남자는 충분히 빨리 뛰어주었고, 나는 수술실로 실려가 긁어냄술을 받았다. 의식이 돌아왔을 때는 여러 개의 손이 내 몸을 들것에서 침대로 옮기고 있었다. 잠시 나는 지금이 수술 전인지 후인지 헷갈리다가 클로로포름 마취제 때문에 토하기 시작했고, 동시에 배가 다시 편해진 걸 알았다. 더이상 피가 흐르지 않았다. 그러자 환희의 물결이 마치 저 밑에서부터 차올라 나를 훑고 지나가는 것만 같았다. 내가 아직 살아 있어! 이 느낌이 나의 전부를 채웠고 다른 건 아무것도 문제 되지 않았다. 그것은 내가 경험한 가장 강렬한 감각이었다.

그 느낌이 아이의 상실이 주는 슬픔을 씻어내렸다. 물론 내내 불행한 기분이긴 했어도 좀 슬프고 우울한 정도로, 임신했을 때 느꼈던 행복감을 감안하면 양호한 편이었다. 그 일

---

* 허탈 상태를 나타내는 영어 단어 collapse에는 '쓰러지다'라는 뜻도 있다.

로 딱 한 번 짤막한 꿈을 꾸었는데 좀 우울하고 음울했다. 지하철에서 내리는데 문이 스르륵 닫히는 순간 끔찍하게도 내가 지하철에 아이를 두고 내렸다는 걸 알았다. 나는 공포에 질려 어떻게 하면 지하철이 다음 역에 도착하기 전에 그곳으로 달려가 내 딸(나는 늘 유산된 아이가 사내아이라고 생각했는데 꿈속에서는 작은 여자아이였다)을 찾을 수 있을까 조바심 내며 다음 역을 향해 승강장을 달렸다. 그 느낌은 상실감보다는 고통스러운 불안감이었다. 그 뒤 서서히 예전 생활로 돌아갔는데 그 과정이 그리 더디지는 않았다.

내 인생에서 분명 중요한 것이, 엄청나게 중요한 것이 그런 식으로 사라져야 했다니, 아니 없던 일이 돼야 했다니 너무 이상해 보인다. 나는 그 모든 일이 화학적인 것이 아니었나 싶다. 그러니까 갱년기가 다가오자 내 몸이 보통 때는 내게 별로 없던 뭔가를 쏟아낸 거라고. 그러다 유산의 충격으로 그런 몸의 반응이 그치고 다시 평소의 상태로 돌아간 거라고. 상실감을 느끼지 않는다고 해서 내가 나쁜 엄마가 됐을 거란 의미는 아닐 것이다. 그런 충격적인 일이 벌어지지 않고 아이가 태어났더라면 나는 우리 어머니처럼 엄마 노릇을 톡톡히 해냈을 것이다. 우리 어머니는 자식들이 아주 어렸을 때보다는 어느 정도 나이가 들고 나서 더 사랑했다(어머니는 유아기 아이의 힘든 육아를 감당해줄 유모가 있어서 우리 눈에는 아무 문제가 없는 제대로 된 엄마처럼 보였지만, 유모 없이 어리디어린 손주들을 볼 때는 약간 짜증스러워하는 기색을 감추지 못했다). 하지만 아무리 애써도 내가 엄마 노릇을 제대로 했을 것임을 증명할 기회를 잃어버렸다는 사실이 그리 마음 쓰이지는 않는다. 이제 늙으니 예전보다는 아기들과 어린아이들에게 훨씬 더 관심이 간다. 실제로 아이들 옆에 있으면 즐겁다. 최근에는 우리 집안에 아기가 태어나 매우 기뻤다. 그 아이가 커가는 모습을 관심 있게 지켜보며 감탄하는 일 말고는 그 아이에게 해줄 일이 아무것도 없어 다행스럽긴 하지만 말이다. 그러나 "당신 자신의 아이나 손주가 없는 게 정말로 아쉽진 않나요?"라는 질문을 받으면 "아쉽긴요, 정말이에요"라는 대답이 나온다. 요즘 내가 보게 되는 아이들이 사랑스럽고 유망해 보이는 건 내가 그 아이들의 생활에 깊이 개입해 골치 썩을 일이 없고 또 그럴 수도 없기 때문에 부담이 없어서다.

이기심. 바라건대 그것이 나의 전부가 아니었으면 좋겠다. 그저 내 마음 한가운데 자리 잡은, 어린아이에게 자신을 내줘야 하는 어머니처럼 나의 온 자아를 내줘야 하는 일이면 경계하게 만드는, 좀처럼 사라지지 않는 그런 고갱이 정도였으면 좋겠다. 그래서 나는 오랫동안 아이를 원하지 않았고 아이를 잃고도 쉽게 극복했던 것이 아닐까. 그러니 어쨌든 적어도 한 가지 큰 후횟거리는 있는 셈이다. 내게 아이가 없다는 사실이 아니라, 내 마음 한가운데 자리 잡은 그 이기심, 내가 아이가 없는 걸 유감스러워하지 않는다는 사실이 확실히 폭로해버린 그 이기심 말이다. 그리고 이제 어린아이들과(나는 아이들이 더 나이를 먹었을 때 좋아하는 게 언제나 훨씬 더 쉬웠다) 잘 지내지 못하는 나의 무능력이 내 사촌 바버라를 얼마나 실망시켰을지 알겠다. 바버라는 지금 내가 살고 있는 집의 주인으로, 지금도 그렇지만 사십몇 년 전 바버라가 가정을 이뤘을 때도 나는 그녀를 내 가장 친한 친구로 여겼다. 아이 셋을 갖자마자 바버라는 남편과 헤어져 아이들을 혼자서 키워야 했다. 바버라는 아이들 양육을 위해 상근직으로 아주 힘들게 일했다. 나는 바버라가 그 몇 년을 어떻게 살아왔는지 모른다. 되돌아보면 그녀 자신도 놀라지 않을까. 그런데 바버라를 돕기 위해 내가 뭘 했던가? 아무것도 안 했다. 나는 그녀의 문제에 질끈 눈을 감아버렸고, 심지어 거의 만나지도 않으면서 그녀가 어린아이들을 돌보는 성가신 세계로, 아니 성가신 어린아이들의 세계로 사라져버린 걸 슬퍼했다. 그런데 나중에 털어놓기를 바버라는 나한테 도와달라고 부탁할 생각은 꿈에도 못 했다고 했다. 내가 자기 아이들에게 냉담한 걸 익히 알고 있었다고. 그 일은 그냥 후회스럽기만 한 게 아니다. 부끄럽다.

한 가지 후회는 또다른 후회를 부른다. 다행히 이번 것은 덜 부끄러운데, 그것은 협소한 내 인생을 벗어날 배짱을 한 번도 가져보지 못했다는 것이다. 내게는 아름다운 외모의 조카딸이 하나 있다. 본인이 꺼릴 것 같아 이름을 밝히지는 않겠다. 아무튼 조카는 아들 셋을 둔 엄마로 이제 곧 막내가 두 형의 뒤를 이어 대학에 들어간다. 결혼 생활 내내 조카는 그림 복구하는 일을 했다. 얼마 전에 조카는 어느 만찬 자리에서 외과의사 옆에 앉게 되었는데, 다시 태어난다면 의료 분야에서 일하고 싶다는 얘기를 그 의사에게 털어놓았단다. 그러자 외과의사가 조카의 나이를 물었고 조카가 마흔아홉이라고 하자 조산사 교육은 쉰 살까지 받을 수 있으니 원한다면 시간이 아직 있다고 했다. 그래서 조카는 집으로 가서 조산사 교육을 받기 위한 신청서를 작성했다. 지난번에 만났을 때는 지금까지 혼자서 여섯 명의 아이를 받아냈다고 자랑스러워했다. '대체 지금 내가 여기서 뭐하는 건가' 싶을 때도 있었지만 아직도 새 생명이 시작되는 현장에 있는 것보다, 그 일을 도와주는 것보다 더 신나는 일은 상상할 수 없다고 했다. 제일 감동적일 때는 아빠들이 울 때라고 하면서(여섯 번 모두 아빠들이 곁에서 아이의 탄생을 지켜봤다고 한다). 그렇게 아빠가 울면 조카는 방에서 나가야 했는데 자기도 울고 있다는 걸 들키고 싶지 않아서였다고 했다. 무척이나 섬세하고 내성적인 조카가 탄생의 현장에서 일어난 일들을 이야기할 때 그 애의 얼굴이 빛나는 걸 보면서 얼마나 부러웠던지. 조카는 친숙하고 너무도 즐거운 인생에서 돌연 걸어나와 다른 세계로 들어가는 용기와 결단력을 가졌고, 그랬기에 헤아릴 수 없이 소중한 뭔가를 얻은 게 분명했다. 그런데 나는 그 비슷한 일도 해본 적이 없다.

내가 내 마음대로의 단 한 가지 인생을 사는 것에 전혀 조바심 내지 않는 것 같아 보이겠지만 그건 아니다. 내가 책을 읽는 건 대개 다른 삶 속으로 들어가는 듯한 그 느낌이 좋아서이고 연애를 한 것도 거의 같은 이유에서였다(언젠가 성적인 관계를 바닥이 유리로 된 배를 타고 나가는 것에 비유했던 기억이 난다). 하지만 그런 게으른 상상을 행동으로 옮기자면 용기와 에너지가 필요한데, 나한테 없는 게 바로 그것이다. 비록 그럴 용기와 에너지를 끄집어낼 수 있었다 해도 나는 절대 조산사 같은 유익한 일 쪽으로 나아가지 못했을 게 틀림없다. 하지만 어딘가로 여행을 가거나 그곳의 언어를 배워볼 수는 있지 않았을까. 가령 그리스에 가서 그리스어를 배우는 것 말이다. 현대 그리스어를 배워 그리스로 가서 돈을 벌어 생활하면서 그 나라를 진지하게 알아간다면 얼마나 좋을까 하는 생각을 꽤 자주 했지만, 야간 그리스어 강좌를 들을 정도까지는 아니었다. 그리고 옥스퍼드 대학을 다닐 때는 생물학 같은 과학을 공부하기보다는 게으르게도 영문학을 선택했다. 어쨌거나 재미 삼아 읽게 되리라는 걸 잘 알고 있었으니까. 또 한 번도 내 손을 써보려고 진지하게 노력해본 적도 없다(수놓는 것 말고는. 그건 잘한다). 책꽂이를 만들 줄 안다면 얼마나 유용하고 좋을까! 그게 정말 아쉽다.

그러니 결국 크게 유감스러운 일은 두 가지다. 내 마음 한가운데 자리 잡은 냉정함과 게으름(내가 결단력 있게 뭔가를 해내지 못한 건 겁이 많아서라기보다는—겁도 좀 있긴 하지만—게으른 탓이 더 컸던 것 같다). 이런 점이 애석한 건 사실이지만 그래서 괴롭다거나 그에 대해 자주 생각한다고는 말 못 하겠다. 그리고 이제 더는 이런 얘기는 하지 않으련다. 더 안 좋은 게 나오면 얘기가 엄청 지루해질 테니까. 다 늙은 사람이 과거의 죄책감을 들쑤시는 게 과연 유익한 일인지 어떤지도 모르겠다. 이제 와서 어찌해볼 수도 없는 마당에 말이다. 나는 이제 현재를 살아나가는 일에 집중해도 누가 뭐라고 하지 않을 나이에 이르렀으니.

최고의 행운은 타고난 회복력

현재를 얼마나 잘 사느냐는 노력보다는 상당 부분 운에 달려 있다. 돈이 없거나 건강이 안 좋다면, 흥미로운 교육을 받지 못했거나 몰두할 일이 없어 정신을 갈고닦지 못했다면, 또 잔인하거나 형편없는 부모 때문에 뒤틀린 유년기를 보냈거나 비참하고 파멸적인 관계로 몰아넣는 성생활을 했다면…. 만일 이런 불리한 조건 가운데 한 가지나 몇 가지 또는 이 모든 조건에 두루 해당한다면, 혹은 내가 차마 떠올릴 수 없는 다른 불리한 조건 중 하나나 몇 가지, 아니면 그 모든 조건에 발목이 잡힌 사람이라면 나처럼 비교적 운 좋은 사람이 노년에 관해 이야기하는 건 전혀 와 닿지 않거나 심지어 거슬릴 것이다. 나는 오로지 운 좋은 사람들을 위해서만, 그리고 그런 사람들을 향해서만 이야기할 수 있을 뿐이다. 그런데 생각보다 운 좋은 이들이 많다. 우리가 누리거나 시달리는 운이 오직 외부에서만 오는 것은 아니니까. 물론 그중 많은 것들은 다른 사람들이 가하거나 줄 수도 있고 또 바이러스나 기후, 전쟁이나 경기 침체 같은 것들 때문에 생길 수도 있다. 하지만 그중 많은 것들은 유전적으로 주어지는데, 모든 행운 가운데 최고의 행운은 타고난 회복력이다.

이 문제를 생각하려던 차에 우연히 〈가디언Guardian〉지에 실린 앨런 러스브리저의 기사를 봤다. 알리스 헤르츠좀머라는 103세 여성을 인터뷰한 그 기사는 타고난 회복력이 얼마나 중요한지 매우 잘 보여준다.

알리스는 프라하에서 종교적이지 않으며 말러와 카프카를 알았던 유대인 부모에게서 태어났고, 커서는 리스트의 제자 밑에서 공부해 훌륭한 피아니스트가 되었고, 역시 매우 재능 있는 음악가와 결혼했다. 1939년 히틀러가 체코슬로바키아를 침공했을 때 그녀는 행복하고 바쁘고 창조적인 삶을 살고 있었다. 물론 그런 생활은 순식간에 박살나버렸다. 그녀는 남편과 아들과 함께 '전시용' 수용소인 테레지엔슈타트로 보내졌다. 그 수용소는 다른 수용소들보다 생존자들이 더 많았는데, 나치가 그곳을 적십자에서 나온 조사관들에게 자신들의

'인간다움'을 보여주는 용도로 썼기 때문이다. 하지만 거기서도 많은 사람들이 죽었고, 알리스의 남편을 포함한 훨씬 많은 사람들이 그곳에서 또다른 곳으로 이송되어 죽었다. 알리스는 전쟁이 끝나고 아들과 함께 집으로 돌아갔지만 그곳은 더 이상 집이 아니었다. 남편의 가족 전부와 그녀 자신의 가족 대다수, 그리고 그녀의 친구 모두가 사라지고 없었다. 그녀는 이스라엘로 이주했고 거기서 아들을 키웠다. 아들은 첼리스트가 되었고, 그녀는 아들이 졸라 이십 년 전 영국으로 이주했다. 2001년 그녀는 예순다섯의 나이로 갑작스레 세상을 뜬 아들의 죽음을 견뎌야 했다. 지금 그녀는 런던 북부에 있는 한 원룸에서 홀로 살고 있는데, 아마 침울하고 쓸쓸한 노인네라 생각할 것이다.

그런데 그 인터뷰 기사에 알리스의 사진 세 장이 실려 있었다. 1931년 눈부신 신부의 모습, 전쟁 직전 눈부신 젊은 엄마의 모습, 그리고 103세인 현재의 눈부신 늙은 여인. 그 기쁨에 찬 표정이 긴긴 세월 동안 거의 변하지 않았던 것이다. 또 말하는 걸 봐도 그랬다. 그녀는 자기 가족이 수용소로 실려가던 그날 유일하게 친절했던 사람이 나치였던 자신의 이웃이었음을 기억했고, 이스라엘에서 자유를 누리며 살아서 얼마나 좋았는지, 그리고 영국과 영국인들을 얼마나 사랑하는지를 이야기했다. 더욱 중요한 건 그녀가 아직도 매일 세 시간씩 피아노 치는 것을 몹시 좋아한다는 거였다("일은 최고의 발명이에요. (…) 뭔가를 하면 행복해지지요." 그녀는 창의력을 타고난 사람이 얼마나 운이 좋은지를 잘 보여준 마리루이즈 모테시츠키와 놀랄 만큼 닮았다). 그리고 그녀는 생의 아름다움에 매혹된 사람이었다. 그녀에게 영감을 준 건 종교가 아니었다. "시작은 이렇답니다. 우리는 태어날 때 반은 선하고 반은 악하지요. 우리 모두가 그래요. 그리고 선함이 나오는 상황이 있고 악이 나오는 상황이 있지요. 그래서 인간이 종교를 만든 거라 믿어요." 그러니까 그녀 자신은 종교를 지지할 필요성을 전혀 못 느끼지만 종교에 투사된 희망은 존중한다는 것이다. 그렇게 확실히 낙관주의 쪽으로 기운 천성을 타고난 보기 드문 행운의 소유자였기에 그녀는 그 모든 일들을 겪었으면서도 여전히 이렇게 말할 수 있는 것이다. "인생은 아름답습니다. 지극히 아름답지요. 그리고 늙으면 그 사실을 더 잘 알게 됩니다. 나이가 들면 생각하고 기억하고 사랑하고 감사하게 돼요. 모든 것에 감사하게 되지요. 모든 것에." 또 그녀는 말했다. "나는 악에 대해 잘 알지만 오로지 선한 것만 봅니다."

다른 사람들은 분명 그녀의 용기에 경이를 느꼈을 테지만, 알리스 헤르츠좀머 자신이 이런 긍정적인 태도를 미덕이라

부를지는 모르겠다. 알리스는 자신의 태도를 타고난 비관주의자인 자기 여동생의 태도와 비교했는데, 여기서 중요한 말은 '타고난'이다. 그들의 성향은 머리 색깔이 주어지는 것처럼 그들에게 주어진 것이었다. 하지만 악에 대한 고통스러운 민감성은 인간의 '나쁜 반쪽'에 대항하는, 끝을 낼 수 없어도 반드시 치러야 하는 투쟁에 필요한 에너지를 낳기 때문에 인간이 활동적인 나이일 때는 유익할 수도 있지만, 주된 관심사가 자신의 불편을 최소화하고 다른 사람들에게 최소한의 불편을 끼치며 살아가는 것인 노년에는 짐이 될 뿐이다. 안타깝지만 알리스는 적극적인 마음과 긍정적인 태도가 노년에 얼마나 절실한지를 보여주는 본보기는 못 될 듯하다. 그런 좋은 품성에 의지할 수 있는 이들은 이미 그렇게 살고 있을 것이고, 그런 품성을 타고나지 못한 사람들은 그렇게 살 수 없을 테니까. 어쩌면 우리 중에는 이 양극단 사이에 끼어 있어 알리스에게 영감을 받아 이전보다 더 낫게 살아갈 수 있는 사람도 얼마간 있을 것이다.

인생은 제대로 살아볼 만한 것

늙어가는 것에 관한 책을 꼭 우는소리로 끝내야 하는 건 아니지만 당당하게 끝낼 수도 없는 노릇이다. 배워야 할 교훈도, 새로이 발견할 사실도, 제시할 해결책도 없다. 나를 보면 그저 몇 가지 두서없는 생각만 떠오르는 것이다. 그런 생각 중 하나는, 여기까지 와 되돌아보니 인간의 삶이란 우주적 견지에서 보면 눈 한번 깜박이는 것보다 짧아도 그 자체로 보면 놀랍도록 넉넉해 서로 대립되는 많은 것을 담을 수 있다는 것이다. 한 사람의 인생에는 고요함과 소란스러움, 비탄과 행복, 냉담함과 따스함, 거머쥠과 베풂이 모두 담길 수 있다. 또한 좀 더 특정하게는 자신의 인생을 완전히 실패작이라 생각하면서도 동시에 우쭐대는 것으로 보일 만큼 성공했다는 강박적 확신을 가질 수도 있다. 물론 불운이란 더 좋은 것에서 나쁜 것으로 옮겨가 거기서 멈춰 개인의 안전과 행복이 파괴돼버리는 걸 의미할 수도 있다. 하지만 대다수 인생은 행운이든 불운이든 양극단으로의 치우침이라기보다는 부침의 문제인 것 같고, 대개는 시작점에서 그다지 멀지 않은 곳에서 멈추는 듯하다. 마치 그 시작점이 기준점이라서 늘 거기로 되돌아가는 것처럼. 앨리스의 인생도 대체로 훨씬 극과 극을 오가는 호를 그리긴 했어도 이런 패턴을 따랐을 것이다. 그렇게 생각하는 이유는 다른 사람들이 그렇게 산 걸 봤고 내 인생 역시 지금까지 그래 왔기 때문이다.

얼마 전에 친구 하나가 나에게 자만에 빠진 사람처럼 말하지 않도록 조심하라고 했다. 그러면서 친절하게도 "당신은 그렇지 않으니까"라고 덧붙였다. 나는 그가 틀렸다고 생각한다. 나는 자만에 빠져 있으니까. 처음부터 나는 자만에 빠져 있었기 때문이다(우쭐대는 정도까지는 아니었어도). 우리 가족이 성인聖人들은 못 돼도 제일 좋은 사람들이라는 가족의 믿음에 안락하게 감싸인 채 행복한 어린 시절을 보냈으니 말이다. 이런 믿음은 영국 중상류층에서 흔히 볼 수 있는 것으로, 영국인들이 지닌 자부심으로 확인된다. 내 기억에 그런 민족적 자부심은 어릴 적 처음으로 세계지도를 접하면서 생겨났다. 분홍색으로 칠한 이 모든 땅이 우리 거네! 예를 들어 프랑스 같은 나라에서 태어나지 않은 게 얼마나 다행이야. 볼품없게 기운 듯한 저 작은 연보라색 조각들을 봐.

물론 이런 민족적 자부심이 미쳐 날뛰어도 좋다는 허가권은 아니었다. 이런 자부심을 가진 집단들이 모두 그렇듯 우리 영국인들도 최고가 되기 위해 지켜야 하는 나름의 규정들이 있었다. 말이나 복장과 관련된 그 모든 사소하고 시시콜콜한 규정들 말고도 좀 더 심오한 규정 세 가지가 있었다. '겁쟁이가 되면 안 된다' '거짓말하면 안 된다', 그리고 무엇보다 '허영 부리고 자만해선 안 된다'. 내가 '무엇보다'라고 한 건, 이것이 어린아이들이 막돼먹게 굴지 않도록 방지하는 규정이었기 때문이다. 아기 방 천장에 '너는 해변에 있는 유일한 조약돌이 아니다'라고 새겨져 있었던 건지, 내가 아는 몇 사람은—다들 내게 소중한 이들인데—여전히 그 말을 가슴 깊이 새기고 있어서 일인칭으로 자기 인생을 쓴 책을 아무래도 봐주기 힘들어한다.

나는 우리의 민족적 자부심이란 게 말도 안 되는 것임을 금세 깨달아 다시는 그런 감정에 빠져들지 않았다고 말할 수 있지만, 그것이 야기하는 분위기는 또다른 문제다. 그건 터무니없는 생각, 못된 생각에서 나왔지만 자신감을 불어넣어준다. 그런데 나는 그런 느낌을 박탈당했다(거절당해서였다. 계급적 우월감과 제국주의를 간파해서가 아니라. 그래도 그런 생각이 민족적 자부심을 상당 부분 수정하긴 했지만). 자신감을 박살내버리는 그런 박탈감은 원인이 무엇이건 간에 한 사람을 끔찍이도 차갑게 만든다. 하지만 이제 다른 데서 나 자신에게 만족하게 되어 어릴 적 친숙했던 안락하고 따뜻한 기분을 다시금 맛본다. 만일 이게 자만이라면—그렇더라도 어쩔 수 없는데—봐주기 역겨울지는 몰라도, 그동안 살아오며 그 반대의 상태에 있는 것보다 훨씬 위안이 된다는 사실을 배웠다는 말을 해야겠다. 게다가 우리 같은 노인들에게는 위안이 필요하다. 아무래도 노년이 인생의 내리막길이라는 사실을 부정할 순 없기 때문이다. 좋은 조건에서, 적어도 기대했던 것보다는 덜 나쁜 상태에서 노년에 접어들었고 유난히 운이 좋았거나 현재 운이 좋다면 당연히 노년을 최대한 즐기겠지만, 나는 '늘 내 등 뒤에서 날개 달린 시간의 마차가 서둘러 다가오는 소리를 듣는다'. 그러면 정말이지 말 그대로 정신이 번쩍 드는 것이다. 그리고 나 자신보다 훨씬 더 큰 문제들을 끊임없이 떠올리게 된다.

예를 들어 우리 같은 늙은이들은 대부분 이런 식의 생각을 한다. '아이고, 살아서 그 꼴을 안 볼 테니 다행이다.' 하지만 아무리 지구온난화 문제를 생각하지 않으려 해도 그건 엄연한 현실이고, 내가 크게 겪을 일이 아니라고, 혹은 아이가 없으니 내 자식이 겪을 염려가 없다고 문제가 사라지는 건 아니다…. 내가 그 사실을 위로 삼으려 하면 다른 이들의 자식들이 떠오른다. 본인이 그 일을 겪지 않아도 된다는 걸 알면 마음이 약간 놓이겠지만 그렇다고 기쁠 것까지도 없다.

그런데 인생이 다양한 것들을 담을 수 있을 만큼 넉넉하고, 그래서 언뜻 보면 인생이 참 굉장해 보이다가도 좀 있으면 바로 그 반대의 생각이, 그저 인간의 기준으로 봐도 인생이란 참 보잘것없다는 생각이 든다. 그런 견지에서 보면 개인의 삶이란 막막하리만치 하찮은데, 내가 여태껏 하고 있는 일, 생각한 것, 그리고 내가 이렇네 저렇네 하면서 쓰고 있는 이 일 역시 그렇지 않을까? 나를 못마땅하게 여기는 이들과 마찬가지로 나 역시 이런 질문을 한다. 비록 해명할 수 있으리라는 본능적인 기대는 어쩌지 못해도.

어쨌거나 남자든 여자든 모든 개인, 모든 '자아'는 아무리 사소하다 해도 생명이 표현되는 대상이며 세계에 뭔가를 남기게 된다. 대다수 인간은 다른 인간에게 자신의 유전자를 남기고 자신들이 만든 다른 것들을 남긴다. 그리고 모든 인간은 자신들이 해온 것들을 남긴다. 가르치거나 고문한 것, 건

설하거나 파괴한 것, 정원을 일구거나 나무를 벤 것, 그리하여 우리의 모든 환경, 도시와 농장과 사막 등 모든 것이 유익하거나 해로운 우리의 흔적들, 우리 이전의 수많은 인간들이 남기고 떠났고 거기에 우리 자신이 모래사장에 모래알을 더하듯 덧붙이고 있는 그런 흔적들로 만들어진다. 그러므로 종교인들이 무신론자들을 두고 추정하듯 우리 존재가 무의미하다고 생각하는 것은 어리석다. 그보다는 우리가 이 세상에 거의 보이지는 않아도 실제적인 뭔가를, 유익하든 해롭든 간에 남긴다는 사실을 기억해야 한다. 바로 그렇기 때문에 인생을 제대로 살기 위해 노력해야 하는 것이다. 그러므로 한 사람의 인생은 검토할 만한 가치가 있을 만큼 흥미로운 것이다. 그리고 나 자신의 인생이 내가 진짜로 아는 유일한 인생이므로(이와 똑같은 걱정에 부딪칠 때 진 리스가 늘 말했듯이) 그 인생을 검토해야 한다면 검토자의 불가피한 한계 내에서 되도록 솔직하게 검토해야 한다. 그게 아니라면 그런 일은 무의미하다. 솔직하지 못한 책은 이런저런 유명 인사들의 수많은 자서전처럼 읽기에도 몹시 지루하다.

죽어서 사라지는 것은 인생의 가치가 아니라 자아가 담긴 낡은 그릇이요 자의식이다. 그것이 무無로 사라지는 것이다. 다른 모든 이들의 의식과 더불어. 지켜보는 이에게는 너무나 당혹스러운 일이다. 무의식 상태로 죽지 않는 한 이제 곧 죽을 사람은 여전히 완벽하게 살아 있고 또 완벽하게 자기 자신이기 때문이다. 내 어머니의 임종을 지킬 때 '돌아가실 리 없어, 아직도 온전히 여기 있으니까'라고 생각했던 게 기억난다 (어머니의 마지막 말이 되어버린 그 멋진 말, "정말 멋졌단다"는 어머니가 무슨 얘기를 하다가 한 말이지 유언으로 남긴 게 아니었다). 존재와 비존재의 차이는 너무나 갑작스럽고 현격해서 그 일이 과거, 현재, 그리고 미래의 살아 있는 모든 존재에게 일어나는 일이라 해도 여전히 충격적이다. (삶에서 가장 흔한 일인 죽음을 두고 소설가 헨리 제임스_{Henry James}는 "독특하다"고 표현했는데 그가 무슨 생각으로 그렇게 말한 것인지 나로선 짐작이 되지 않는다. 가련한 노인이 숨이 넘어가며 한 소리니 따질 일은 아니지만.)

아마 사람들은 '마지막 말'이라는 말을 좋아할 것이다. 죽음의 충격을 완화해주니까. 죽어가는 과정의 물리적 본성을 감안하면 간결하고 함축적인 그런 말들은 대부분 그 진정성을 의심해야 마땅하지만, 그래도 우리는 기억에 남을 만하게 인생을 끝맺고 싶어 한다. 그래서 나도 가끔은 내가 무신론자인 게 유감스럽다. 죽을 때 "신은 나를 용서해주시겠지, 그게 그분의 일이니_{Dieu me pardonnera, c'est son métier}"라는 말을 인용할 수 없을 테니까.* 늘 나를 웃게 만들지만 놀랍도록 현명한 그 말을 내가 인용한다면 공정치 못할 것이다. 지금으로서는 죽을 때 내가 남기고 싶은 말은 이것이다. "좋아. 몰라도 괜찮아." 그리고 이런 말을 하면 어리석어 보일지도 모르겠지만, 그 말을 해야 할 때가 그리 빨리 오지 않기를 아직도 희망한다는 고백은 해야겠다.

---

* 독일의 서정 시인 하인리히 하이네Heinrich Heine(1797~1856)가 죽기 전에 한 말이다.

나무고사리는 이제 길이가 30센티미터 정도 되는 이파리가 아홉 개 달렸다. 이파리는 며칠 사이에 활짝 폈고 솜털이 보송보송한 '몸통'(여기서 모든 이파리가 돋아나니 여기에 물을 줘야 한다) 꼭대기에 조그만 초록색 움이 텄다. 이 작은 움에서 새 이파리가 나는데, 처음에는 아주 천천히 자라지만 막바지로 갈수록 빨리 자란다. 자라는 게 눈에 보일 정도로 그렇게 빨리. 그것이 나무가 되는 걸 보지 못할 거라는 내 생각은 옳았지만, 양치식물일 때의 모습을 지켜보는 즐거움은 과소평가했다. 사기를 잘했다.

어떻게 늙을까

첫판 1쇄 펴낸날 2016년 1월 27일
첫판 5쇄 펴낸날 2022년 3월 22일

지은이 | 다이애너 애실
옮긴이 | 노상미
펴낸이 | 박남주

종이 | 화인페이퍼
인쇄·제본 | 한영문화사

펴낸곳 | (주)뮤진트리
출판등록 | 2007년 11월 28일 제2015-000059호
주소 | 서울시 마포구 토정로 135 (상수동) M빌딩
전화 | (02)2676-7117 팩스 | (02)2676-5261
전자우편 | geist6@hanmail.net
홈페이지 | www.mujintree.com

ISBN 978-89-94015-87-3 03840

*책값은 뒤표지에 있습니다.